马瑞芳 著

少年读

走进大千世界

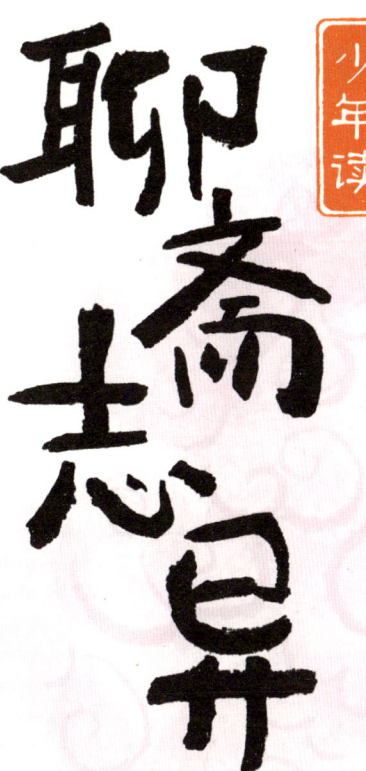

青岛出版集团 | 青岛出版社

序言

◎马瑞芳

蒲松龄创作的《聊斋志异》(简称《聊斋》)是一部伟大的作品,也是我40多年来一直研究的对象。2005年,中央电视台"百家讲坛"节目播出"马瑞芳说《聊斋》",广受好评,时隔17年,我又专门给少年儿童读者讲解《聊斋志异》。我想从以下几个方面说一说我创作这部作品的初衷。

第一,少年儿童为什么可以读《聊斋志异》。

我国古代小说的发展源远流长,按照语言形式可分为文言小说和白话小说,按篇幅可分为短篇小说和长篇小说。文言短篇小说集《聊斋志异》和白话长篇小说《红楼梦》分别是这两种文学形式的典范,其中隐藏着一些很好的中国故事。

《聊斋志异》是中华民族文学艺术宝库中的一颗明珠,

少年读《聊斋志异》

在大多数讲述中国古代文学史的读物中，它都独占一章。《聊斋志异》真切地反映了社会生活，其内容的广度和深度都超出了在它之前诞生的同类作品，受到了广大群众的喜爱。从19世纪中期开始，《聊斋志异》就开始在国外传播，时至今日，共出现过日、英、法、俄等多个语种的译本。因此，我觉得有必要把这部伟大的作品介绍给少年儿童，让他们对这部作品的内容、思想、艺术手法等有一个初步的了解。

第二，少年儿童读《聊斋志异》会有什么收获。

首先，《聊斋志异》中的大部分作品宣扬真善美、鞭挞假恶丑，少年儿童阅读其中那些脍炙人口的故事，可以潜移默化地获得思想教益，进而一心向美，做有理想、有志气、有道德、有才能的人。比如读《劳山道士》，可以明白娇惰取巧必然碰壁的道理；读《细柳》，可以更深入地领会"自在不成才，成才不自在"的哲理；读《河间生》，可以帮助树立"好好读书，正派做人"的志向；等等。

其次，在《聊斋志异》中，蒲松龄运如椽大笔，"使花妖狐魅，多具人情，和易可亲，忘为异类"（鲁迅《中国小说史略》）。由他塑造的艺术形象和艺术世界充满想象力，少年儿童在阅读这些具有奇思妙想的故事时，不仅能感受到我国古人天马行空的想象，还能保持和发展自己的好奇心，打开想象世界的大门。

再次，《聊斋志异》的语言精练、生动、形象，写人

序言

状物,以一当十。少年儿童读《聊斋志异》,可以欣赏精金美玉般的文字,领略其中的诗情画意,体会汉语的简洁、含蓄、灵动、婉转之美。如"乱山合沓,空翠爽肌,寂无人行,止有鸟道"(《婴宁》)、"见长莎蔽径,蒿艾如麻。时值上弦,幸月色昏黄,门户可辨"(《狐嫁女》)等,都让人过目不忘。

最后,蒲松龄在创作《聊斋志异》的过程中,汲取众家之长,命题巧妙,构思严密,少年儿童读《聊斋志异》,可以跟蒲松龄这个大作家学习一些写文章的技巧:如何设置伏线、悬念,前后照应?如何把握使用关键词语?如何运用细节描写表现人物的性格和身份?等等。

上述是我在学习和研究《聊斋志异》之余,结合少年儿童的特点总结的一些感想。《聊斋志异》原文共490多篇,为了更好地让少年儿童了解、阅读《聊斋志异》,我选取了其中50多篇写成《少年读〈聊斋志异〉》(分《神奇的狐狸》《笔墨里的精灵》《走进大千世界》3册),讲述其中最经典的故事。

《少年读〈聊斋志异〉》在手,孩子们能在有利于心智的愉快阅读中学语言、学写作、学文化史常识,何乐而不为!

目 录

- 巧惩卖梨人 / 001
- 神奇的"穿墙术" / 011
- "吹牛大王"现原形 / 021
- 手足情深的"绝妙传奇" / 027
- 锦衣变蕉叶 / 039
- 偷鸭长了一身毛 / 051
- 摘颗星星做佳儿 / 057
- 变只猛虎吞恶人 / 069
- 洞庭湖面踢"足球" / 079

- 皇帝玩小虫，百姓遭大殃　　/ 087
- 自在不成才，成才不自在　/ 097

- 花拳绣腿必吃亏　　/ 107
- 点石起舞戏小人　　/ 113

- 聪慧少年除妖狐　　/ 119

- 情义深深人与蛇　　/ 129
- 严冬荷花映日红　　/ 137
- 人与狼斗智斗勇　　/ 143
- 三百多年前的"虚拟世界"　/ 153

巧惩卖梨人

他有满满一车梨,
却不肯施舍最小的一个。
大家兴高采烈地吃梨,
他的梨则神奇地消失了……

改编自《聊斋志异·种梨》

说《聊斋》

《种梨》是《聊斋志异》中最早走向世界的故事,于19世纪被翻译成英文,刊登在外国刊物上。

在这个故事中,蒲松龄通过妙趣横生的情节,成功塑造了一个吝啬的卖梨人形象,对吝啬的人进行了巧妙的讽刺。在中外文学作品中,有很多以吝啬为特点的人物形象。比如《儒林外史》中的严监生,他临终时要看到灯芯被挑掉一根才安心;法国作家莫里哀笔下的阿巴贡,他爱财如命,为了钱甚至不惜牺牲儿女的幸福;巴尔扎克在《欧也妮·葛朗台》中塑造的葛朗台,他连一块小小的方糖也要切成四块来用。

《种梨》这个故事取材于干宝《搜神记》中的《徐光种瓜》。蒲松龄阅读经典,学习经典,借鉴前人的作品并进行加工创作,最终也超越了经典。

有个乡下人在集市上卖梨。他的梨特别好吃,但卖得很贵。这时,来了一个穿着破烂衣服的道士。【评】在蒲松龄笔下,经常出现一些"真人不露相"的奇人。他们往往衣衫褴褛、蓬头垢面,可能是出家人或者乞丐,但他们拥有神奇的力量,能惩恶扬善,主持公道。*

道士在卖梨人的车前哀求道:"请你给我一个梨吧!"

---

* 本书作者在讲《聊斋志异》故事的同时,对书中人物、情节、线索或相关细节有所点评、议论,本书均以【评】的形式予以呈现,便于读者更好地理解作品内容和作者思想。以下不再注明。

卖梨人说:"走开,别耽误我做买卖!"

道士不肯走,卖梨人便大声辱骂他。

道士笑嘻嘻地说:"你这一车有几百个梨,我只要一个,对你来说也不算是多大的损失,你生什么气呀?"

围观的人也劝卖梨人:"把最小的梨给他算了。"

卖梨人直眉瞪眼,坚决不肯。

旁边一家店铺的伙计看到他们吵得太厉害,就出钱给道士买了一个梨。

道士拜谢了伙计,然后跟围观的人说:"出家人从不吝啬,我有好梨请大家吃!"

看热闹的人说:"你既然有梨,为什么不吃自己的,还向别人讨?"

道士说:"我需要这个梨做种子。"

道士三两口就吃了大半个梨。他手握梨核,取下背在肩上的小铁铲,在地上挖了一个几寸深的坑,把梨核放到里面,盖上土,对围观的人说:"谁能帮我找点儿热水?"

一个喜欢凑热闹的人跑到旁边的店里,提来一壶滚开的水。道士接过壶,把水浇到他挖的坑里。

围观的人都伸长了脖子,想看看有什么奇迹发生。

不一会儿,一个嫩芽冒了出来,渐渐长大。

又过了一会儿,嫩芽长成树了,生机勃勃。

接着,树枝上长出绿叶、抽出蓓蕾,蓓蕾渐渐绽放,雪白的梨花开得满树都是,整个集市上弥漫着阵阵花香。

紧接着,梨树结果了,大大的梨子缀满枝头,散发着甜

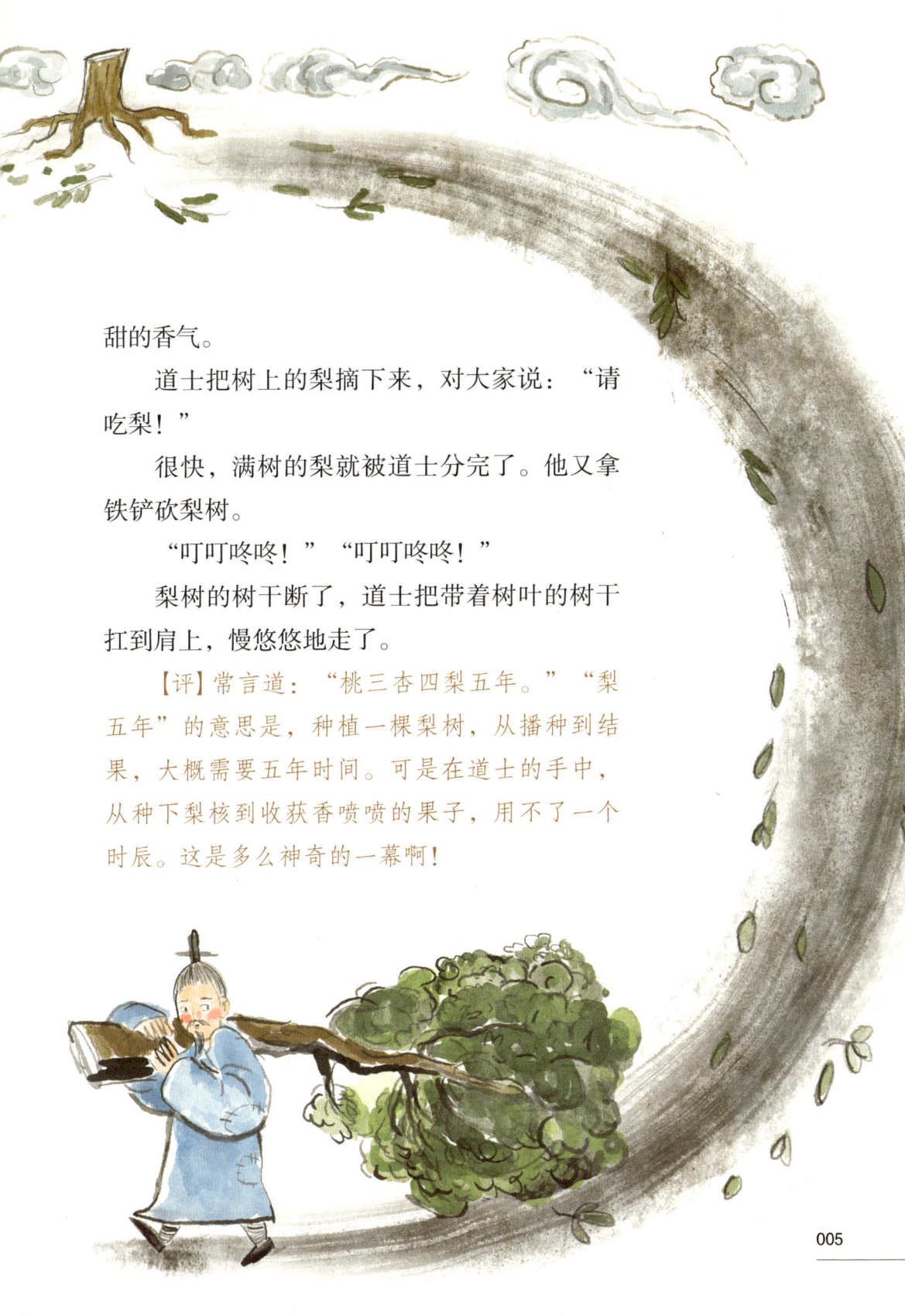

甜的香气。

道士把树上的梨摘下来，对大家说："请吃梨！"

很快，满树的梨就被道士分完了。他又拿铁铲砍梨树。

"叮叮咚咚！""叮叮咚咚！"

梨树的树干断了，道士把带着树叶的树干扛到肩上，慢悠悠地走了。

【评】常言道："桃三杏四梨五年。""梨五年"的意思是，种植一棵梨树，从播种到结果，大概需要五年时间。可是在道士的手中，从种下梨核到收获香喷喷的果子，用不了一个时辰。这是多么神奇的一幕啊！

少年读《聊斋志异》

道士作法时,那个卖梨人也很好奇,挤在人群里朝那儿看。等道士把树上的梨全部分光,卖梨人再回来看自己的车时,发现车上一个梨也没有了!他这才知道,刚才道士分给大家吃的,都是他要卖的梨!

"我的梨,我的宝贝梨,我的能卖高价的梨,一个也没了!"卖梨人心痛不已,再一瞧,小推车的车把断了一根,看样子是刚刚被人砍断的。他明白了:原来,车把就是道士种的那棵梨树啊!

卖梨人非常愤怒,马上去追道士,刚转过墙角,就看到那段车把被丢在墙根下,道士早就不知道哪儿去了。卖梨人气急败坏,却又无可奈何。

集市上的人看到这么有趣的事情,不禁哈哈大笑。

故事里的事

蒲松龄写《种梨》这个故事，是为了讽刺那些吝啬成性的人。在"异史氏曰"中，他写下了很长一段议论：

卖梨人昏头昏脑，财迷心窍，唯利是图。他受到其他人的嘲弄，不是没有道理的。那些在乡里被称作有钱人的人，好朋友向他借点儿米，他就满脸的不高兴；有人劝他去救济身处危难、没有饭吃的人，他又愤愤不平；甚至面对父亲、孩子和兄弟，他也会计较一分一毫。这种人如果被赌博迷了心窍，就会挥金如土；等到他犯了罪，有杀身之祸的时候，就会赶快交出所有的钱来赎命。像这样的人，实在是说也说不完。跟这样的人相比，卖梨人的糊涂和吝啬，又有什么稀奇呢？

由此可见，《聊斋志异》并不是单纯地为了收集稀奇古怪的事而创作的，而是借一个个生动有趣的故事，弘扬真善美，鞭挞假恶丑。

少年读《聊斋志异》

【干宝和《搜神记》】干宝,字令升,东晋史学家、文学家,新蔡(今属河南)人。他创作的《搜神记》今本二十卷,是六朝志怪小说的代表性作品。蒲松龄曾说过:"才非干宝,雅爱搜神。"意思是说:尽管我没有干宝的才气,但是我也喜欢写像《搜神记》那样的文章。

原典精读

万目攒视❶，见有勾萌❷出，渐大；俄成树，枝叶扶苏❸；倏而❹花，倏而实，硕大芳馥，累累满树。道士乃即树头摘赐观者，顷刻向尽。

注释

❶万目攒视：众人围观注视。❷勾萌：草木弯曲的嫩芽。❸枝叶扶苏：枝叶繁茂的样子。扶苏，同"扶疏"。❹倏而：很快。

大意

众人都盯着这里看，只见一个嫩芽儿破土而出，渐渐长大；不一会儿工夫，长成一棵大树，枝繁叶茂；转眼间开花结果，清香四溢，果实累累。道士从树上摘下梨分送给围观的人，很快就把梨分光了。

神奇的「穿墙术」

王生去劳山求仙访道，
惊见神奇的法术。
他砍了好几个月的柴，
换得一个「穿墙术」……

改编自《聊斋志异·劳山道士》

说《聊斋》

《崂山道士》是《聊斋志异》的经典篇目。这个故事可以说家喻户晓，甚至流传到国外，成为中国古典小说的代表作之一。为什么？因为这个故事不仅非常有趣，还包含着丰富的人生教益。

《崂山道士》的故事原型是唐代小说《纸月》《取月》《留月》所记载的奇人逸事。蒲松龄汲取其中的精华，赋予《崂山道士》更丰富的社会内容和更深刻的思想内涵，让这个故事历经数百年仍充满鲜活的生命力。

《崂山道士》是蒲松龄"读万卷书"的结果，也是蒲松龄"行万里路"的收获。蒲松龄在三十多岁的时候，曾到劳山（即今崂山，在山东青岛沿海）住过一段日子。此次劳山之行，让他写出了《崂山道士》《香玉》《成仙》《安期岛》等知名作品，感兴趣的小读者可以找来读一读。

劳山拜师

王生是淄川县的一个世家子弟,排行老七。他从小就想学道,听人家说劳山上有很多仙人,于是前去游访。

王生到了劳山,登上山顶,看见一座幽静的道观。他走进道观,只见一个年长的道士坐在蒲团上,银发披肩,神采奕奕。

王生上前与道士交谈,觉得道士说的话很有道理,便想拜他为师。

道士看了看王生,拒绝道:"学道非常辛苦,我看你娇生惯养,恐怕吃不了这个苦。"

王生听了,信誓旦旦地说:"请道长放心,弟子能吃苦!"

于是,道士让王生留在了道观中。

第二天,道士把王生叫去,不给他讲如何修仙学道,也不教他长生不老的秘诀,而是给了他一把斧头,说:

少年读《聊斋志异》

"从今天开始,你就和大家一起去山里砍柴吧!"【评】其实,这是道士对王生的考验:你要是真想学道,就先学会吃苦吧!

于是,王生每天早早地起来上山砍柴。一开始,他还能耐住性子,老老实实地做事,可这样过了一个多月,他的手脚磨出了厚厚的茧子,道士仍然对他不闻不问。王生在家饭来张口、衣来伸手,整天喝茶赏花,哪里吃过这种苦?因此,他打算回家了。

不过,王生回家的念头很快就烟消云散,因为他亲眼见识了劳山道士的神奇本领……

月中嫦娥

一天,王生砍完柴回到道观,看见道士和两个客人在喝酒。天已经黑了,屋里还没掌灯。道士拿来一张纸,剪成一面镜子的形状,贴到墙上。不一会儿,月光照亮了整个房间。

弟子们在他们周围忙碌着,进进出出。

王生当初因为想学道才来到劳山,现在看见道士随便剪个纸月亮贴在墙上,就光华满室,不由得啧啧称奇。但接下来发生的事,更叫他惊叹不已。

一个客人说:"如此美好的夜晚,我们一定要和大家一起分享。"说罢,客人从桌上拿起一小壶酒,赏给了道士的弟子们,说:"今晚大家都要开怀畅饮!"

　　王生心想:这么多人,一小壶酒怎么够分呀?

　　只见大家纷纷找来酒杯倒酒,他们倒了一次又一次,酒壶里的酒还是满满的,一点儿也没少。

　　不一会儿,有位客人说:"道长,今天我们共赏明月清辉,这样喝闷酒没什么意思,为什么不把嫦娥仙子请来给大家助兴?"

　　话音刚落,这位客人便拿起一根筷子掷到墙上的纸月中。接着,一位仙子从月亮中飘然而出。起初,她的身高不到一尺,等到了地面,她就跟平常人一样高了。仙子腰

少年读《聊斋志异》

肢纤细，非常美丽。她轻盈地跳起霓裳羽衣舞，一边跳一边唱："仙仙乎，而还乎，而幽我于广寒乎！"【评】大概意思是：跳起来呀，舞起来呀，跳着舞着回家去呀，怎么把我幽禁在这冷冷清清的广寒宫啊！她不仅有嫦娥的美丽形态，还用歌声诉说着奔月后思念家乡的幽怨之情。

仙子的歌声清脆悠扬，像吹奏箫管一样美妙。唱完后，她转着圈轻轻一跃，跳到桌子上。大家定睛一看，只看到一根筷子！【评】这一番神奇的变化，令王生瞠目结舌。

道士和客人哈哈大笑。一位客人又说："今天晚上真是高兴！不过现在我有点儿喝多了。道长，你能到月宫为我们送行吗？"

于是，道士和两个客人移动席位，慢慢进入月亮中继续饮酒。他们的胡子和眉毛，弟子们都看得清清楚楚，好像人影照在镜子里一样。

过了一会儿，月光渐暗，有个弟子点了蜡烛走来。王生惊奇地发现，只有师父一个人坐在房里，客人们则不知道哪儿去了。

【评】这一幕幕神奇的景象纷至沓来，令王生大开眼界。第一步是纸月亮变成真月亮，第二步是小酒壶里的美酒怎么倒也倒不完，第三步是筷子变成嫦娥唱歌跳舞，第四步是道士和客人进月宫喝酒。这不就是神仙过的日子吗？王生太向往这样的生活了，于是打消了回家的念头。

走进大千世界

穿墙术

又过了一个月，王生实在没法忍受每天砍柴的辛苦，决定向道士告辞。他对道士说："弟子跋涉几百里向仙师学道，即使学不到长生不老之术，也请你教我一点小法术，这样我也能有所安慰。可我来这里好几个月了，每天只是早出晚归地砍柴，我在家里从来没吃过这样的苦。"

道士笑了笑，说："我本来就说你下不了苦功夫。明天早上你就回家吧！"

王生恳求道："看在我干了这么多天活儿的份上，求仙师教我一点小法术，也算我没白来一趟。"

道士问："你想学什么法术？"

王生说："我经常看到仙师行走时能穿墙而过，只要学会这一招，我就心满意足了！"

道士一听，笑了，告诉了王生穿墙术的口诀，叫他对着墙壁默默念诵。等他念完了，道士说："进去！"

王生面对墙壁，不敢动。

道士说："你一直往前走。"

王生不紧不慢地往前走，刚到墙边就被挡住了。

道士说："低下头往前冲，不要犹豫，不要迟疑。"

王生后退几步，飞快地奔向墙壁，那坚硬的墙壁虚若无物，他再回头一看，自己已经到了墙外边。

少年读《聊斋志异》

王生喜出望外,连连向道士表示感谢。

道士说:"回家后,你要洁身自好,否则法术会失灵的。"【评】道士的话是在告诫王生,要把本领用到正当的地方。可是,王生记住了吗?

碰 壁

王生回到家中,得意扬扬地向妻子炫耀:"我遇到仙人了!我学会仙人的法术了!不管多坚硬的墙壁也挡不住我!"

妻子不相信。

王生说:"我穿个墙给你看看!"

他按照道士教的办法,在离墙几步远的地方念起咒语,然后猛地向墙直冲过去。不料"砰"的一声,他一脑袋撞到墙上,栽倒在地。妻子连忙把他扶起来,一看,他的额头上起了一个像鸡蛋大小的包。

王生既羞愧又气愤,埋怨道士捉弄他。

【评】王生穿墙不成反碰壁的故事对我们今天仍然有很大的教育意义。人生在世,既要树立远大的理想,更要脚踏实地、刻苦努力地去干;只有锲而不舍,才能金石可镂。娇惰取巧,免不了会碰壁。

走进大千世界

少年读《聊斋志异》

锲而不舍，金石可镂

　　本义是只要坚持不懈地用刀刻，就算是金属、玉石也可以雕出花饰。后引申为只要坚持不懈地努力，再难的事情也能做到。语出《荀子·劝学》。

哲理金句

文化史常识

【嫦娥奔月】我国上古时期的神话传说之一。据说，后羿射日后，西王母送给他一粒仙药，人吃了这种药不但能长生不老，还能升天成仙。嫦娥受此诱惑，偷偷吃下了这粒仙药，结果奔月成仙，居住在月亮上的广寒宫中。

"吹牛大王"现原形

平时夸夸其谈,
自诩忠臣孝子。
异人略施小计,
他便原形毕露。

改编自《聊斋志异·佟客》

说《聊斋》

徐州有个人叫董生,他爱好剑术,自诩豪侠。他想做异人,想学异术。但他真的是自己所说的那种忠义之士吗?事实并非如此。

异人佟客不过略施小计,便戳穿了董生这个"吹牛大王"的虚伪面具。表面上看,董生露出马脚似乎是受妻子的拖累,实际上是他性格深处的自私、软弱所致。

《聊斋志异》故事中常有佟客这样的异人对那些夸夸其谈者、表里不一者、眼高手低者以当头棒喝。通过这则故事中董生的表现,小读者可以体会蕴含在其中的浓浓的讽刺意味。

路遇异人

一天，董生在路上遇到了一个人。他们骑着驴一路同行，渐渐交谈起来。董生发现那人谈吐不凡，很有气度。

董生问他的姓名，那人回答："我是辽阳人，姓佟。"

"你这是要到什么地方去？"

"我出门二十年了，才从海外回来。"

"你游历四海，肯定见多识广，那你见过异人吗？"

"异人是什么样的？"

董生没有正面回答，而是大谈自己喜好剑术，只恨自己没有机会得到异人的真传。

佟客听后，说："异人哪里没有？但要遇到忠臣孝子，异人才会传

授他本领哩。"

董生毅然以忠臣孝子自居。他拿出佩剑,弹剑而歌;又用剑斩断路边的小树,以此来展示自己的剑有多锋利。

佟客看了这一幕幕,捋着胡子微微一笑,让董生把剑拿过来看看。

董生把剑递给佟客。佟客拔出剑来观察了一阵子,说:"你这把剑不过是用普通的铁做的,而且被汗臭熏透了,是最下品的东西。我虽然对剑术没有深刻的见解,但也有一把剑可以一用。"

说完,佟客抽出一把一尺多长的短剑,用它来削董生的剑。董生的剑脆得像瓜一样,被佟客随手削断,断口像马蹄一样平整。

走进大千世界

董生十分惊讶,请佟客把剑给他看看。他拿着剑爱不释手,再三拂拭后,才交还佟客。

董生把佟客请到自己家,留他住宿,向他请教剑术。佟客推辞说:"我不会。"董生便只顾自己高谈阔论,佟客则在一旁洗耳恭听。

"强盗"上门

夜深了,董生忽然听到隔壁院子里吵吵闹闹的。那间院子是他的父亲居住的地方。

董生惊疑不定,走近墙壁细听。有个愤怒的声音说:"让你儿子赶快出来!他出来我们就放了你!"不一会儿,似乎有鞭打的声音传来,而在那儿不断呻吟的正是他的父亲。董生立刻提起兵器,想冲到隔壁去救父亲。

佟客制止董生说:"你这一去,肯定没有活路,你该想个万全之策。"

董生非常惊慌,连忙向佟客请教。佟客说:"强盗点名要你出去,你肯定凶多吉少。你没有骨肉兄弟,应该先向妻子托付后事才对。我给你打开门,帮你把仆人都喊起来,他们或许能帮上什么忙。"

董生答应了,进屋嘱咐妻子。妻子拉着他的衣服哭个不停。看到这一幕,董生为父亲赴死的雄心壮志瞬间烟消云散。他跟妻子一起爬到楼上,找出弓箭,防备强

少年读《聊斋志异》

盗攻楼。

正在董生忙乱之时,忽然听到屋檐上传来佟客的笑声:"强盗走啦!"

董生点上灯去查看,那里已经没有佟客的身影了。

董生忐忑不安地走出院子,看见父亲挑着灯笼刚刚回来。原来,他去邻居家喝酒了。

院子前边有一些用茅草烧成的灰,这就是考验他的"强盗"!

董生恍然大悟:佟客就是我一直寻找的真正的异人啊!

平时每作千秋想,临事方知一死难

有的人平时妄想名垂千古,但真到了关键时刻,往往畏缩不前。语出清代文学家、史学家赵翼《瓯北诗钞》。

手足情深的『绝妙传奇』

弟弟千方百计帮助哥哥，哥哥穿云入海寻找弟弟。一次巧遇，全家团圆。

改编自《聊斋志异·张诚》

说《聊斋》

　　小说的开头写张氏是山东人,明代末年山东大乱,他的妻子被掳走,杳无音讯。张氏便把家搬到河南重新娶妻,生子张讷。没过多久,妻子去世,张氏又娶了一个继室,生子张诚。蒲松龄用几句话就清楚地交代了故事发生的背景,也为后来人物关系的变化埋下了伏笔,可以说是草蛇灰线、千里照应。

　　小说家讲故事时,往往情节跌宕起伏、曲曲折折,结局则出人意料、大起大落。《张诚》这篇小说便体现了这个特点。故事中的人物也各有风采:后母泼悍,父亲懦弱,张讷、张诚兄弟互相体贴友爱。张诚以赤子之心对待异母兄长,张讷则想方设法寻找失踪的弟弟。蒲松龄精心创作这样一篇大力弘扬"孝悌"精神的小说,就是想用人物真善美的品格来引导读者。

弟弟呵护哥哥

张氏的继室牛氏为人凶悍,对前房留下的儿子张讷很不好,要求他每天上山砍一担柴,砍不够就鞭打责骂他。
【评】后母让张讷上山砍柴,是小说发展的一个重要情节,兄弟二人间的友爱及他们日后的遭遇,都和砍柴有关。

与此同时,牛氏对自己的亲生儿子张诚则非常宠爱,不仅私下里给他好吃的,还送他进私塾读书。

张诚怜爱兄弟,不忍心看着兄长受苦,常常劝说母亲牛氏,但牛氏没有听进去。

有一天,张讷进山砍柴,遇上了大风雨,没有办法砍够一担柴。回家后,牛氏发现他砍得少,就不让他吃饭。

张诚放学归来,看见哥哥躺在床上神情沮丧,关心地问:"哥哥,你病了?"

张讷把发生的事告诉了弟弟。

张诚难过地走了。过了一会儿,他怀里揣着一些饼来给哥哥吃,嘱咐说:"这是我请邻居大娘做的,你只管吃,不要告诉别人!"

张讷听后,担心连累弟弟。张诚却说:"哥哥的身体这么虚弱,哪有力气砍那么多柴!"

第二天，张讷在山上砍柴时，张诚偷偷地跑了过来。他手脚并用，折断树枝做柴火，还和哥哥说："明天我要带把斧头来。"

张讷见弟弟的手被刮破了，鞋底也被树枝刺穿，非常心疼，就把弟弟赶走了。

然而，接下来的几天里，张诚都带着斧头上山帮哥哥砍柴，即使汗流浃背也不肯休息，每次都要帮哥哥砍够一定数量才走。无论张讷怎么制止，他都不听。

穿云入海寻弟弟

有一天，兄弟二人正和其他人在山上砍柴时，忽然，丛林里跳出一只斑斓猛虎，把张诚叼走了！

张讷连忙追了上去。老虎叼着人跑不快，被张讷用斧头砍中了胯骨。老虎因疼痛而狂奔，很快就不见了踪影。

张讷追不上老虎，也没能把弟弟救出来，大哭着回到原地。大家都来安慰他，他边哭边说："我弟弟和别人的弟弟不同，他非常善良，何况他是因我而死的，我还活着干什么？"说完，他就拿斧头砍向自己。众人连忙上前阻拦，并撕下衣服给他包扎伤口，把他送回了家。

继母牛氏知道前因后果后，边哭边骂："是你害死了我的儿子，你打算这样混过去吗？"

张讷呻吟着说："母亲不要烦恼，如果弟弟真的死了，我也不活了……"

张讷在床上昏昏沉沉地躺了好多天，伤口渐渐愈合。他奋力爬起来，对父亲说："我要穿云入海寻找弟弟，如果找不到，我就一辈子都不回来。爹爹就权当我这个儿子也丢了吧！"

父子俩抱头痛哭。最后，父亲张老头给了张讷一些盘缠，让他走了。

张讷坚信：虽然弟弟被老虎叼走了，但并不意味着弟弟一定被老虎吃掉了。只要有一线希望，他就算找遍天涯海角，也要找到弟弟！

张讷到各个交通要道打探弟弟的消息，盘缠花光了，他就一边乞讨、一边寻找。

一年后，张讷来到了南京。

少年读《聊斋志异》

一天,张讷衣衫褴褛、弯腰驼背地走在路上。忽然,十几个人骑着马奔来,他赶紧躲到路边。

骑马的人里有一个像是官员,健卒们簇拥在他左右。队伍里还有个少年,骑着一匹小骏马,一次次地回头看张讷。张讷因为他是贵公子,不敢抬头。

忽然,那少年跳下马来,大声喊道:"这不是我哥哥吗?"

张讷这才抬起头来,仔细一看,原来那少年是弟弟张诚!

张讷拉住弟弟的手,放声大哭。张诚也哭了,说:"哥哥怎么流落到这种地步?"张讷诉说了自己的经历,张诚

走进大千世界

听后悲伤不已。

有人下马询问缘故，并将情况报告给了官员。官员听后，命人腾出一匹马来给张讷，兄弟二人并排骑马回到家中。张讷这才有时间详细询问张诚的经历。

原来，老虎把张诚叼走后，不知什么缘故又把他丢在路边。张诚睡了整整一宿，恰好一个姓张的别驾（官名）经过那里，看到张诚相貌文雅，十分可怜他，就把他带回家救治。后来，张别驾认张诚为义子。

询问家世

二人正说着，张别驾进来了。张讷连忙上前拜谢，张诚则从内宅捧来绸缎衣服给张讷换上。

张别驾命人摆上酒席，和张讷聊起了家常。

张别驾问："你们这个家族在河南有多少人？"

张讷说："没什么人了。家父原是山东人，后来才流落到河南。"

张别驾说："巧了，我也是山东人啊。你们属于山东哪个州府？"

张讷回答："我听父亲说过，属于东昌府。"

张别驾说："哎呀，我们是同乡啊！你们家为什么迁到了河南？"

张讷说:"前朝末年山东大乱,前房母亲被掳走,父亲曾在河南做买卖,所以就搬到河南了。"

张别驾听了,有些吃惊:"请问令尊叫什么名字?"

张讷如实相告。张别驾听后,瞪大眼睛看看张讷,又低下头思考了一会儿,急忙跑进内室。

不一会儿,张别驾的母亲走了出来,张讷和张诚一起上前行礼。

老夫人问张讷:"你是张炳之的子孙吗?"

张讷说:"是的。"

老夫人闻言大哭,对张别驾说:"他们俩都是你的弟弟啊!"

张讷和张诚感到莫名其妙:这是怎么一回事?

走进大千世界

老夫人说:"我嫁给你们的父亲三年,后来因为战乱失散了。我在北方跟了一个当兵的,半年后生下了你们的哥哥。再后来丈夫去世,你们的哥哥继承了他的官职。我们每时每刻都想念家乡,也曾派人到山东去找你们的父亲,却总打听不到他的消息,哪知你们搬到西边去了。"

老夫人又对张别驾说:"你把亲弟弟认作义子,真是太不像话了!"

张别驾说:"我问过张诚,但他没说自己是山东人,想来是他太小了,什么也不知道。"

兄弟回归

张别驾和两个弟弟相认,非常欢喜。他日夜和弟弟们聚在一起,终于把一家人离散的始末都弄清楚了。

张别驾打算举家去河南。老夫人担心牛氏不接受他们,张别驾说:"如果她能接受,咱们就住在一起;如果她不能接受,咱们就各过各的。我们此行也是为了和父亲团聚。"

于是,张别驾卖掉房产,收拾行装,向河南进发。

他们来到河南后,张讷和张诚先跑回去向父亲报告。

话说自从张讷离开后,牛氏不久就死了。张老头孤苦伶仃、形影相吊,现在忽然看到张讷回来,不由得心花怒放,精神恍惚;又看到张诚,他更是高兴得一句话也说不出来，只是哗哗地流泪。兄弟俩告诉他别驾母子也来了，张老头顿时呆住了，既不笑，也不哭，傻傻地站在那里。不一会儿，张别驾进来拜见父亲，老夫人则拉着张老头大哭。

后来，张别驾出钱修建房屋，还请老师教弟弟们读书。众人在房里有说有笑，张家一派祥和之气，俨然成了大户人家。

《聊斋》里的秘密

"一本绝妙传奇"

清代文学家王士禛在评论《张诚》时说："一本绝妙传奇，叙次文笔亦工。"意思是《张诚》这个故事具有传奇色彩，叙述的次序和文笔也很工整。总体而言，《张诚》既能感人性情，又给人们学习写文章提供了借鉴。

《张诚》写兄弟友爱，是从两兄弟的角度写的。先写张诚如何善待同父异母的哥哥，后写张讷如何千辛万苦地寻找弟弟。在描写全家团圆的情景时，却是从张老头的角度写的，这是最合适的叙述角度。因为对张老头来说，这件事是个巨大的惊喜。他原本是一个孤苦伶仃的老人，突然间，丢失已久的两个儿子不仅一起回来了，还带回来顶门立户的长子和原配妻子。张老头先见到张讷，非常高兴；后见到张诚，欢喜得说不出话来；最后见到长子，不禁目瞪口呆。蒲松龄对张老头情绪变化的描写贴切生动，极有层次。

蒲松龄对这个故事情有独钟，晚年还将它改编成长篇俚曲《慈悲曲》，搬上了戏剧舞台。

原典精读

异史氏曰:"余听此事至终,涕凡数堕:十余岁童子,斧(duò)薪助兄,慨(kǎi)然曰:'王览❶固再见乎!'于是一堕;至虎衔(xián)诚去,不禁狂呼曰:'天道愦(kuì)愦❷如此!'于是一堕;及兄弟猝遇,则喜而亦堕;转增一兄,又益一悲,则为别驾堕;一门团圞(luán)❸,惊出不意,喜出不意,无从之涕,则为翁堕也。不知后世亦有善涕如某❹者乎?"

注释

❶王览:东汉末至晋初人,中国历史上著名孝子王祥的同父异母的弟弟,他千方百计防止异母兄长遭受自己生母迫害,使得王祥性命无忧。❷愦愦:昏庸,糊涂。❸团圞:同"团圆"。❹某:"我"的自称。

大意

异史氏说:"我听到这个故事,好几次落泪。当听到十几岁的孩子,拿着斧头去帮哥哥砍柴,我不禁感慨:'这是王览再现了!'于是落一次泪;听到老虎叼走张诚,我忍不住狂呼:'老天怎能这么昏庸啊!'又一次落泪;听到兄弟突然相逢,高兴得流泪;转而增加一个哥哥,又更加伤感,为张别驾落泪;张家全家团圆,惊奇得出人意料,喜庆得出人意料,无缘由的泪水又为张老头流了下来。不知道后世还有像我这样爱流泪的人吗?"

锦衣变蕉叶

仙女用溪水给他疗伤，
用蕉叶白云做成锦绣衣裳。
他好了疮疤忘了疼，
锦衣瞬间变枯叶。

改编自《聊斋志异·翩翩》

说《聊斋》

我国古代作家通过很多神仙故事,创造了一个虚拟的"神仙世界"。在这个世界中,神仙们餐风饮露,过着令凡人艳羡不已的生活。后来,"人神结合"渐渐成为神仙故事的主流,《牛郎织女》《天仙配》等故事盛演不衰。

《聊斋志异》中也塑造了一些仙女形象,她们大多带有平民色彩——与凡人成亲,生儿育女,帮助夫君成为品德端正的人,等等。

蒲松龄虽然也写神仙的奇异,表达的却是人间的思想。这种思想通过活灵活现的人物、美妙奇异的情节、灵动精彩的语言表现出来,《翩翩》就是其中的代表作。

途穷遇仙

　　陕西邠（bīn）州有个人叫罗子浮，因为父母去世得早，他八岁便被叔父罗大业收养了。罗大业担任国子监祭酒，是朝廷的学官，家里有很多金银财宝、绫罗绸缎，他把罗子浮当亲儿子看待。

　　罗子浮不好好念书，喜欢赌博，还爱跟坏人交往。有一年，他被一个金陵女子迷住，偷偷地跟她去了金陵，结果半年时间就把钱全花光了，还落了一身病。那女子把他轰出门，谁看见他都躲得远远的。

　　罗子浮怕死在异乡，就一边讨饭一边往西走，每天走三四十里路。快到邠州时，罗子浮看到自己破衣烂衫、病容满面的样子，心想：我有什么脸面进家门呢？于是，他就在城郊徘徊。

　　这天傍晚，罗子浮遇到一个貌如天仙的女子。

　　那女子问他："你要到哪儿去？"

　　罗子浮告诉她："天快黑了，我想找个地方住下，讨口饭吃。"

　　女子说："我住的地方附近有山洞，你可以去那儿躲避野兽。"

　　罗子浮高兴地跟女子走了。

少年读《聊斋志异》

　　罗子浮随女子进入深山,看见一座洞府,门前溪水潺潺,上边架着石桥;有两间石头屋子,夜色深了没有点灯,却到处亮堂堂的。

　　女子把罗子浮带进屋里,让他把破衣服脱掉,到溪水里洗澡,说:"洗一洗,你身上的疮就好啦。"

　　罗子浮洗完后,女子给罗子浮铺好床铺,说:"你早点儿休息吧,我还要给你做衣服呢。"

　　罗子浮躺在床上,好奇地看着女子,只见她取来大片芭蕉叶,裁剪成衣服的样子,缝好后叠起来,放到他的床头。

走进大千世界

女子说:"你明天早晨就穿它吧!"

罗子浮在溪水中洗完澡后,身上的疮口真的不痛了。他一觉醒来,摸摸伤处,那里已结了厚痂。

罗子浮准备起床,心里却十分疑惑:芭蕉叶能当衣服穿吗?

然而,他从床头取过衣服一看:这哪儿是芭蕉叶?分明是绿色的锦缎。他又用手摸了摸,感觉柔软光滑,穿在身上后舒服极了!

不一会儿,女子开始准备饭菜。她取来些山树叶子,说:"这是饼。"罗子浮吃了一口,果然是香喷喷的饼。女子又把叶子剪成鸡、鱼的样子放到锅里,烧出来的果然是鲜美异常的鸡肉和鱼肉。屋子的角落里有个坛子,里面盛着美酒。女子从坛子里舀酒给罗子浮喝。酒喝完了,她又提些溪水灌满坛子,再舀出来,仍然是美酒。【评】这真是太神奇了!在这深山洞府,处处都体现着神仙才有的神奇力量。

过了几天,罗子浮身上的疮完全好了,便向女子求婚。女子没有嫌弃他,于是两人成了亲。

【评】这位神奇又善良的仙女叫什么名字啊?蒲松龄写了那么长一段故事,始终称她为"女",没有说名字。她的名字是她的朋友、另一位仙女喊出来的。这样的写法你说妙不妙?下一幕仙女花城娘子的出现,是小说的核心情节,蒲松龄写得特别精彩。

锦衣变枯叶

有一天,一个女子笑嘻嘻地走进门,说:"翩翩,你可真是快活啦!你一个仙女怎么跟凡人成亲了?"【评】原来仙女名叫翩翩。

翩翩起身迎接,笑着说:"花城娘子,今天是什么风把你吹来了?刚生的小子抱来了吗?"

花城娘子说:"是个小姑娘!"

翩翩笑了,说:"花城娘子怎么不把她抱来让我瞧瞧?"

花城娘子说:"她一直在哭,刚刚才哄好,现在已经睡着了。"

翩翩请花城娘子入座喝酒。

花城娘子看看罗子浮,说:"小郎君,你可烧了高香了!"

花城娘子看上去二十三四岁,姿容姣美,风采动人。罗子浮看着她,顿生爱慕之意。罗子浮在剥果子时,果子不小心落到了桌案下,他便假装俯身捡果子,企图对花城娘子动手动脚。花城娘子一副若无其事的样子,仍和翩翩有说有笑。

罗子浮正飘飘然,忽然觉得自己身上凉飕飕的,好像袍子、裤子都挡不住寒气。他低头一瞧:哪儿还有什么袍子、裤子?全都变成了干枯的芭蕉叶!

罗子浮连忙战战兢兢地坐好,端正心思,过了老半

走进大千世界

天,身上的枯叶才重新变成衣服。他暗自庆幸:幸好没被她们发现!

过了一会儿,罗子浮向花城娘子敬酒,又悄悄碰了碰花城娘子的手。花城娘子照旧和翩翩说说笑笑,好像根本没有察觉。罗子浮心怀鬼胎,惴惴不安,再一看,身上的衣服又变成了芭蕉叶。

罗子浮羞红了脸,再也不敢轻举妄动。过了好一阵子,他身上的叶子才变成锦绣衣服。

花城娘子笑着对翩翩说:"你家郎君太不懂规矩了,假如不是在你面前,恐怕他就闹腾到云彩上边去了。"

翩翩挖苦道："薄情寡义，活该受冻！"说罢，她和花城娘子一起大笑起来。

花城娘子走了以后，罗子浮怕翩翩指责他行为不端，结果翩翩像没事人似的，对他跟平时一样。【评】翩翩令锦缎变枯叶，是为了让罗子浮知道，"善恶一念间，境界各不同"。锦衣变秋叶，是《聊斋志异》故事中极富哲理意味的情节之一。

扣钗而歌

不久，秋意渐浓，冷风阵阵，树叶零落。翩翩收集落叶，储存食物，准备过冬。

翩翩看到罗子浮冻得缩头缩脑，便拿了个包袱，到洞口捡起一朵一朵的白云，絮在罗子浮的夹衣里。衣服轻软蓬松，好像里面絮的都是新棉花。罗子浮穿上，温暖得像穿了厚棉衣。

过了一年，翩翩生了个儿子，取名"保儿"。保儿聪明俊秀，翩翩和罗子浮每天在山洞里逗儿子取乐。

罗子浮想家了，乞求翩翩跟自己一起回去，但被翩翩拒绝了。

又过了两三年，保儿渐渐长大，和花城娘子家的女儿江城定了亲。

走进大千世界

罗子浮常常惦记家中年迈的叔父。翩翩说:"叔父虽然年纪大了,但身体很健康,你不必挂念他。等到保儿成亲后,是回家还是留在这里,由你决定。"

翩翩在山洞里收集芭蕉叶,在上边写字,教儿子读书。就这样,芭蕉叶又成了书本。【评】不知道翩翩写在芭蕉叶上的是什么书?唐诗,宋词,还是四书五经?

保儿过目成诵。翩翩说:"我儿子面有福相,叫他到人间去,不愁出将入相。"

保儿成人后,花城娘子亲自把女儿江城送来完婚。江城身着盛装,光彩照人。罗子浮夫妇高兴得不得了。

这天，全家人聚在一起欢宴。翩翩用金钗打着拍子唱道：

我有佳儿，不羡贵官。
我有佳妇，不羡绮纨。
今夕聚首，皆当喜欢。
为君行酒，劝君加餐。

大概意思是：

我有好儿郎，不羡做高官。
我有好儿媳，不羡穿绸缎。
今晚聚一起，大家好喜欢。
为你敬杯酒，努力加餐饭！

【评】翩翩扣钗而歌，诗意盎然，表现出超然物外的生活态度。正是这种高雅的人生态度教育了罗子浮，让他这样一个浪荡公子受到感化，能在深山居住十几年，老老实实过平静的日子。

翩翩让保儿和江城住在对面的石室里。江城很孝顺，对翩翩很亲热，就像亲生女儿对母亲那样。

一天，罗子浮又提起回家的话题。翩翩说："你终究没有做神仙的资质，反正儿子也是富贵中人，你可以领他回去。"

走进大千世界

江城想跟母亲告别，花城娘子已经到了。保儿和江城恋恋不舍，眼泪汪汪。两位母亲劝慰道："你们只是暂时离开，以后可以再回来。"

回归人间生活

翩翩用芭蕉叶剪出三头驴子，让罗子浮带着保儿、江城，骑上驴子回家。

此时，罗子浮的叔叔罗大业已退休在家，因侄儿多年没有消息，便以为他死了。这天，他忽然看到侄儿带着一表人才的侄孙和美丽温柔的侄孙媳妇回来了，如获至宝。

三个人刚进家门，便觉得身上有些异样，低头一看，衣服都变成了芭蕉叶，撕一下，里边的棉絮变成了朵朵白云，飘飘摇摇地到天上去了。

三人换上新装，开始了在人间的生活。

后来，罗子浮想念翩翩，便带着儿子一起去寻亲。他们走进深山，只见黄叶满路、云雾弥漫，再也找不到翩翩居住的山洞了。父子二人只好洒泪而归。

原典精读

大业已老归林下❶，意侄已死。忽携佳孙美妇归，喜如获宝。入门，各视所衣，悉蕉叶，破之，絮蒸蒸腾去。

注释

❶ 老归林下：告老归隐。林下，树林之下，本指幽静之地，引申指归隐之所。

大意

罗大业已经告老还乡，以为侄子已经死了。忽然见到罗子浮带着一表人才的侄孙和美丽温柔的侄孙媳妇回来，他高兴得如获至宝。三人进了家门，分别看看自己身上穿的衣服，都变成了芭蕉叶，撕破后，里面的棉絮如云般蒸腾而去。

偷鸭长了一身毛

偷吃邻居的鸭子，
不料染上怪病。
怎样才能治好？
结局大快人心。

改编自《聊斋志异·骂鸭》

说《聊斋》

蒲松龄重视文学作品的道德教化作用,常常通过讲故事来说道理,《骂鸭》就是这样一则故事。

"要想人不知,除非己莫为。"一个人做了坏事,不管他伪装得多好、隐藏得多深,迟早会露出马脚。《骂鸭》虽然篇幅短小,用意却很深。在这则故事中,小偷的鬼鬼祟祟、失主的温文尔雅,被蒲松龄用几句话写活了;小偷不得不如实招供并请骂的情节,让人读了忍俊不禁。

家住白家庄的某人，偷了邻居的鸭子煮着吃了。

当天夜里，这个人觉得皮肤异常瘙痒。第二天早上，他发现自己全身长满了密密麻麻的鸭毛，一碰就疼。他害怕极了，却无计可施，不敢出门。

晚上，偷鸭人梦到一个神仙，神仙告诉他："你身上长鸭毛，是老天爷对你偷鸭子的惩罚！你得让丢鸭子的人骂你，鸭毛才会脱落。"

但是，被盗的邻居老翁是一个非常有修养的人。即便丢了东西，他也从不表现出不好的情绪来。

于是，这个偷鸭人就编了个谎话。他告诉邻居老翁："你的鸭子是某甲偷的，他最怕别人骂了。你可以骂一骂，教训他一下，免得他日后再来偷。"

少年读《聊斋志异》

老翁笑着说:"谁有闲工夫去骂恶人。"

见老翁不骂,偷鸭人只好如实告诉他:"对不起,是我偷了你的鸭子吃掉了,结果我现在长了一身鸭毛,必须让你骂我,才能脱掉这身毛。"

老翁大感惊异,只好开口骂了几句,偷鸭人身上的鸭毛应声而落。

从此以后,这个人规规矩矩地做事,老老实实地做人,再也不敢偷东西了。

原典精读

而邻翁素雅量❶,生平失物,未尝征❷于声色。某诡❸告翁曰:"鸭乃某甲所盗。彼深畏骂焉,骂之亦可警❹将来。"

注释

❶雅量:度量宽宏。《晋书·李寿载记》:"(寿)敏而好学,雅量豁然。"❷征:表露,表现。❸诡:欺骗。❹警:警示,警告。

大意

但是邻居家的老人平时度量宽宏,生平中丢东西,不曾表现在语言和脸色上。某人骗老人说:"鸭子是某甲偷的。他非常害怕别人骂他。你骂他,可以警告他以后别再来偷鸭。"

摘颗星星做佳儿

优哉游哉行走太空,
联手蛟龙为家乡行雨,
摘颗星星带回人间,
读书上进做好儿郎。

改编自《聊斋志异·雷曹》

说《聊斋》

　　中国人的飞天梦想古已有之。在一些古代文学作品中，畅游太空就像闲庭漫步般轻松自在。《聊斋志异》名篇《雷曹》充满关于太空的浪漫幻想：乐云鹤在云中行走，像航天员一样体验"失重"的感觉；他从空中俯瞰城郭，像航天员一样从太空观察地球。《聊斋志异》中的故事真是浪漫而奇妙！

　　与此同时，《雷曹》也讴歌了真善美。乐云鹤关怀亡友遗属，给饥饿的陌生人饭吃，本不图回报，却得到了厚报。饥饿的陌生人实际上是雷神，雷神把乐云鹤带上天，让他亲自给家乡行雨。乐云鹤从天上摘了颗小星星带回去，小星星变成了读书上进的好儿子。而这颗小星星恰好是亡友夏平子变成的少微星。这真是环环相扣的巧妙情节！

　　这则故事写人物栩栩如生，状场景瑰丽奇妙，值得好好欣赏。

无私帮助别人

乐云鹤和夏平子是莫逆之交，两人读书都很上进，可惜都没能考取功名。夏平子生病去世后，因家贫不能下葬，乐云鹤便挺身而出，处理了夏平子的后事，还经常周济夏平子的妻子和孩子。哪怕自己只有一斗米，他也必定分给夏家一半。人们都赞扬乐云鹤讲义气。

乐云鹤本就没有多少财产，现在又兼管夏平子的妻儿，日子一天比一天穷。于是，他弃文经商，大约半年时间，家境就达到了小康水平。

有一天，乐云鹤途经金陵，在一家旅店里休息，遇到了一个人。此人身材修长、筋骨隆起，正在店里徘徊，好像很饿却没钱买饭吃。乐云鹤把自己点的饭菜让给他吃，他不一会儿就吃完了。乐云鹤怕他没吃饱，又给他要了两份饭菜，他又吃光了。

乐云鹤见状，吩咐店主人："再割一大块肉，上一笼蒸饼。"

那人狼吞虎咽，终于填饱了肚子，感激地说："我三年没吃这么饱了。"

乐云鹤说："我看你相貌不凡，是个壮士，为什么落魄到这个地步？"

壮士回答："我有罪，被上天惩罚，没法对外人说。"

乐云鹤问："你是哪里人？"

壮士回答："我在陆地上没有房子，在水面上没有船只，早上住在这个村，晚上住在那座城，来回漂泊。"

【评】壮士的话透露出这样一个信息：他是从天上来的。

乐云鹤整理行装要走，壮士跟着他，恋恋不舍。

乐云鹤跟壮士告辞，壮士却说："先生将有大难，我不忍心忘了你的一饭之德。"

乐云鹤很惊奇，便与壮士一起出发了。中途休息时，乐云鹤拉他一起吃饭，壮士却推辞说："我一年只吃几顿饭。"这下乐云鹤更觉得他奇怪了。

报一饭之德

第二天，乐云鹤渡江时，突然风浪大作，江上所有的船都翻了，乐云鹤和同船的其他旅人一起掉到江里。

不一会儿，风浪稍稍平息，只见壮士背着乐云鹤，踏

走进大千世界

着波涛,浮出水面。他登上一条客船,把乐云鹤放下来,告诉他:"你在这儿别动,等我回来!"说完,又跳进江里,把乐云鹤的货物从水里拖了出来,丢到船上。如此几进几出,壮士把乐云鹤的货物全部捞了出来。

乐云鹤感动地说:"你救我一命就足够了,我哪儿还指望货物失而复得?"

为称赞壮士的能耐,乐云鹤笑着说:"这么大的灾祸,我只丢了一根小小的金簪。"

壮士闻言,马上要下江寻找。乐云鹤连忙制止他,可说话的工夫,壮士已经投入江中不见了。

乐云鹤惊愕良久,忽然看见壮士含笑从水里钻出来,把金簪交给乐云鹤:"幸不辱命!"

【评】壮士对乐云鹤一饭之德的报答,是救了他的性命。但这还远远没有结束……

少年读《聊斋志异》

漫步茫茫云海

乐云鹤把壮士带回家，朝夕相处。

有一天，壮士要告别，乐云鹤一再挽留。恰好天色阴沉，雷声隆隆，乐云鹤随口说："不知道云间是什么样子，也不知道雷是什么东西。如果能到天上看一看，就能知道其中的奥秘了……"

壮士问："你想到云中游玩吗？"

乐云鹤笑了，不置可否。他明白，这样的事也只能在心里想想而已。

不一会儿，乐云鹤感到非常疲倦，便伏在卧榻上打盹。

等他迷迷糊糊地醒来，觉得身子摇摇晃晃的，不像在自家床上；再定睛一看，自己居然身处白茫茫的云彩之上！身边的白云就像一团团棉絮。

乐云鹤仰起头，满天星斗就在他眼前。他又仔细一瞧，星星嵌在天上，像莲子长在莲蓬里一样，大的如瓮，小的如坛，再小的像碗、茶盅。他用手去摇一摇，大星星一动不动，小星星好像可以摘下来。于是，乐云鹤摘了颗小星星，藏在袖中。

乐云鹤又拨开云彩往下看，只见银河苍茫，城郭如豆。

【评】乐云鹤闭眼入梦，待他醒来，他的神仙朋友已把他带到天上了。夸张一点儿说，乐云鹤俯首看到的情景，

走进大千世界

跟现代航天员从宇宙飞船中观察到的太空中的情景非常相似；他在天上轻飘飘的感觉（《聊斋志异》原文言"摇摇然，不似榻上""周身如絮""晕如舟上"等）是不是也跟航天员失重时的感受类似呢？这几处描写浪漫奇特，真不知道几百年前的蒲松龄是怎么想象出来的！

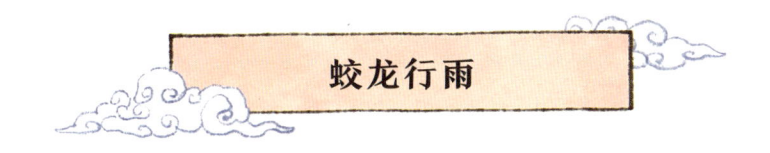

蛟龙行雨

乐云鹤还看到了下雨的过程。

只见两条舒展自如的蛟龙，拉着一辆车过来。蛟龙的尾巴一甩，响起震耳的鞭鸣声。车上有一个巨大的容器，贮着满满的水。有几十个人正用各种容器舀水，往云彩里泼洒。

洒水的人看到乐云鹤，感到很奇怪，问道："你是从哪里来的？"

乐云鹤没有回答，却发现他的壮士朋友竟然就在这些人里边！

壮士告诉大家："他是我的朋友。"

壮士取了个容器给乐云鹤，请他一起洒水。

乐云鹤的家乡已经很久没下雨了，乐云鹤接过容器，推开云彩，遥望故乡的方位，尽情泼洒。

壮士对乐云鹤说："我本是天上的雷神，因为耽误了行雨，被罚到人间受三年苦，今天期限已满，咱们就在这儿告别吧！"

雷神把万丈长的绳子丢到乐云鹤脚下，让他抓住绳子向人间滑落。

乐云鹤连连摇头道："这太可怕了！"

壮士笑道："没事没事，你只要按我说的去做就行。"

乐云鹤抓住绳子，只觉得风飕飕地吹，瞬间便到了地上；再一看，自己正好降落在村外。那条天绳渐渐隐入云中，看不见了。

当时干旱严重，十里外的地方仅下了一点儿小雨，乐云鹤居住的村子却下得大沟溢、小河满。

天上星成了好儿子

乐云鹤站在地上，摸摸袖子，发现摘下的小星星还在。他回到家，把小星星放到桌上。

小星星像一块黑色的石头，每到晚上就散发出光芒，映照四壁。乐云鹤十分珍爱这颗小星星，将它包了一层又一层，小心地收藏着。有要好的客人来喝酒时，他才拿出它来照明。

一天晚上，乐云鹤的妻子坐在星星前。忽然，星星渐渐变小，直到变成萤火虫一般，在房间里飞舞。她惊讶不已，不知如何是好。突然，小星星钻到她嘴里，她咳不出来，只好咽下肚去。

妻子跑去告诉乐云鹤这件事，乐云鹤也觉得很奇怪。

乐云鹤睡着后，梦到了好朋友夏平子。夏平子对他说："我是天上的少微星。你对我的恩惠，我铭记不忘。又蒙你把我从天上带到人间，咱们可算有缘。现在我来做你的儿子，报答你的大恩大德。"

【评】乐云鹤非常高兴，一是因为自己要有儿子了，二是因为好朋友跟自己成了一家人。

乐云鹤的妻子临盆时，光辉满室，好像小星星在桌子上一样。孩子出生后，乐云鹤给他取名"星儿"。星儿聪明机灵，十六岁就考中了进士。

《聊斋》里的秘密

古人笔下的"航天故事"与雷神

幻想人到天上漫游，是蒲松龄的发明创造吗？不是。其实，早在一千多年前的六朝小说中，就有这一类描写，比如王嘉的《拾遗记》和张华的《博物志》。这些小说提出了一些有趣的设想，比如人可以从海上直通天河，或者坐在"仙槎（chá）"上到别的星球去。

蒲松龄吸收了前人的写作经验，讲述了《雷曹》这个赏心悦目的"航天故事"，部分场景刻画得更细腻、更有想象力。

蒲松龄在《雷曹》里塑造了一个独特的人物——"雷神"。这个形象在《聊斋志异》之前的志怪小说中也曾出现过（称"雷公"），只不过模样十分恐怖：张着血盆大口；眼睛又大又亮，像两面镜子；脑袋上、躯体上有毛发，像猕猴。蒲松龄则把雷神"改造"成了一个和蔼可亲的形象：他的长相像普通人，却具有普通人没有的奇特本领——能像潜水员一样潜水，能腾云驾雾、行云布雨；他心地善良，知恩图报，乐于助人；他介于人神之间，有人间官员的称呼，叫"雷曹"。经过这一番"改造"，雷神就更容易被人们接受了。

文中乐云鹤在云中行走的片段，是蒲松龄独创的，写得细腻、生动、有趣，天上的美景与凡人的心思结合得天衣无缝，读起来妙不可言。

赠人玫瑰，手有余香

送给别人玫瑰，自己的手上也会有玫瑰留下的香气。形容一个人在帮助别人的时候，自己也会有所收获。

哲理金句

文化史常识

【一饭之德】出自《史记·范雎蔡泽列传》。范雎，战国时期魏国人，能言善辩，但早期不受重用，屡遭挫折。后来他前往秦国，凭借自己出众的才能获得秦王赏识，官至秦相。司马迁评价他："一饭之德必偿，睚眦之怨必报。""一饭之德"用来比喻微小的恩德。

【少微星】又名处士星，根据《史记》记载，这是象征士大夫的星星。

变只猛虎吞恶人

哥哥被恶人杀害,官府置之不理。他变成一只猛虎,终于报了哥哥被杀之仇。

改编自《聊斋志异·向杲》

说《聊斋》

我国古代文献中有个传统,常用"虎"和人的关系来讽刺社会的黑暗。

《礼记》中记载了这样一件事:孔子经过泰山时,看到一个妇人在墓前哭泣。孔子派子路上前询问原因。妇人说:"我的公公被老虎吃了,丈夫被老虎吃了,现在儿子又被老虎吃了。"孔子问:"那你们为什么不搬离这个地方?"妇人回答:"这里没有苛捐杂税。"孔子告诉弟子:"你们要记住,苛政猛于虎啊!"

不过,《聊斋志异》则写黑暗的社会把人逼成了老虎。这个变成老虎的人叫向杲(gǎo)。向杲为什么要变成老虎?他是如何变成老虎的?他变成老虎后做了什么?让我们一起到故事中去看看吧!

报仇无门

太原人向杲有个哥哥，名叫向晟（shèng）。向晟结识了一个美丽的女子，两人发誓要结为夫妻。巧合的是，有钱有势的庄公子也喜欢这个女子，想强娶她。但女子希望跟向晟在一起，于是向晟倾尽家产，把她娶回了家。庄公子因此对向晟怀恨在心。

有一天，庄公子在路上遇到向晟，忍不住破口大骂。向晟不服，反唇相讥。庄公子便命人把向晟狠狠打了一顿。向晟奄奄一息，庄家的人一哄而散。

向杲听说哥哥被打了，急忙跑去相救，却发现哥哥已经死了。

向杲一纸诉状告到了官府，但庄公子向官员行贿，以致向晟的冤情一直得不到昭雪。向杲怒火中烧，心想：官府黑暗，哥哥死在恶人手中，我不能让凶手逍遥法外！于是，他每天怀揣锋利的尖刀，埋伏在庄公子经常走的路边，想刺杀庄公子。

庄公子探知了向杲的打算，出门时戒备森严，还请了一个有名的神箭手焦桐做保镖。

【评】向杲受尽窝囊气，想给哥哥报仇。可是庄公子有人护卫，使他的报仇计划无法实施。向杲走投无路，又一

少年读《聊斋志异》

心想报仇，于是变成老虎成了他的选择。向杲为什么会变成老虎？他是被逼无奈。向杲自己能不能变成老虎？不能，得有人帮助他。

变成一只大老虎

有一天，向杲正在庄公子经常路过的地方埋伏着。突然，天上下起了暴雨，他浑身湿透，冻得直哆嗦；接着，又刮起狂风、下起冰雹。向杲被折磨得筋疲力尽，硬撑着往山上的山神庙跑去。

向杲进了庙，发现有个熟识的道士在那儿。道士在村里化缘时，向杲经常给他饭吃。

道士看到向杲的衣服湿透了，便拿了件布袍给

他，说："先换上这个吧！"

随后，不寻常的事情发生了：向杲刚把布袍换到身上，便情不自禁地蹲到地上；他低头一看，发现自己全身长出了虎毛。眨眼间，七尺男儿变成了一头斑斓猛虎！

向杲还没回过神来，这个惊天动地的变化已经发生了。他想找道士问问这是怎么回事，道士却不见了。

向杲又惊奇又愤恨：我怎么变成一只老虎了？我从此就成了纵横山林的猛兽了？我的人生就此结束了？我还有许多心愿没有实现，比如找庄公子报仇……

他转念一想：老虎能吃人，如果能吃了仇人，那变成老虎也不错！

【评】在蒲松龄笔下，向杲化虎看似荒诞，但又有合乎情理的一面。蒲松龄对向杲由人化虎的行为和心理描写，真切细腻，鲜活真实。

老虎报仇

过了一天，变成老虎的向杲依旧在路边蹲守，庄公子恰好经过这里。他知道向杲经常怀揣利刃埋伏在这儿，因此非常警惕。

可他做梦也想不到，此时草丛里有一个不是向杲的"向杲"，一个比向杲更可怕的角色在那儿静静地守候。

庄公子骑马经过时，一只猛虎突然从草丛中跳出来，

把他从马上扑下来，咬死了。【评】这就是向杲化虎后想要的结果："得仇人而食其肉，计亦良得。"

神箭手焦桐见状，打马回身射出一箭，正好射中老虎的肚子。

老虎跌倒在地，也死了。

然而，老虎一死，向杲复活了。

走进大千世界

本来躺在草丛中的向杲，恍恍惚惚地醒来，好像他只是做了一个变成老虎的梦。

不过，向杲虽然醒了，但他的意识还停留在老虎的阶段。他的身子不能动弹，他在草丛里躺了一夜才会走路，之后便疲惫不堪地回家了。

家里人因为向杲好几天没回家，正在那儿担心，看见他回来，都高兴地过来慰问。

向杲无力地躺在床上，呆头呆脑的，一句话也说不出来。【评】向杲需要经历从老虎向人的转化。他虽然不再是老虎了，但要像人那样开口说话，还得逐渐适应。这一点，蒲松龄写得巧妙！

不一会儿，家里人听说庄公子被老虎咬死了，争先恐后地跑到床前告诉向杲。向杲这才开口说话："那只老虎就是我……"他向家人叙述了他化为老虎并咬死庄公子的过程。

这一下，向杲化虎报仇的事传扬开了。

庄公子的儿子听说这件事后，非常痛恨向杲，于是到官府告发他。官府因为人变老虎的事太离奇、太荒诞，对庄家的诉状不予理睬。

就这样，向杲既成功复仇，自己也毫发无损。

《聊斋》里的秘密

绝妙的"虎而人"

向杲变成老虎后,已经不再是纯粹的人了,因为他有老虎的外形;他也不是纯粹的虎,因为他能像人一样进行复杂周密的思考。此时的向杲,是人还是虎?在我看来,他是特殊的"虎而人"者——具有老虎的外形、壮士的心理。

向杲化虎这个离奇的故事告诉了我们什么?

第一,《向杲》是刺贪佳作,它点明是当时黑暗的社会现实把人逼成了老虎。

第二,由人化虎是古代小说的传统题材之一。唐传奇集《续玄怪录》中有张逢偶然投身一片草地,变成斑斓猛虎的故事。向杲化虎跟张逢化虎的情节大致相同,但蒲松龄把简短怪异的故事,变成了一篇思想性很强、艺术性很高的古典小说佳作。张逢化虎有偶然性,向杲化虎却有必然性——他只有化成老虎才能报仇。人变成老虎复仇成功,是千古快事;老虎又借仇人之箭重生为人,是绝妙构思!

走进大千世界

> **哲理金句**
>
> **苛政猛于虎**
>
> 形容苛刻的政令和沉重的赋税比老虎还要凶猛可怕。出自《礼记·檀弓下》："小子识之：苛政猛于虎也。"

文化史常识

【唐传奇】唐代人用文言写作的短篇小说，如《南柯太守传》《长恨歌传》《莺莺传》等。唐传奇在中国小说史上起着承前启后的作用，其艺术手法、语言技巧等为小说的发展做出了很大的贡献。《聊斋志异》有很多篇章即取材于唐传奇。

洞庭湖面踢『足球』

月光下湖面如同白练，如诗如画；人与鱼蹴鞠为戏，惊险无比。

改编自《聊斋志异·汪士秀》

说《聊斋》

蹴鞠（cùjū）是我国古代的一种足球运动，早在战国时期就在齐、楚一带流行。宋代踢球的人组成团队，号曰"圆社"，类似于现在的足球俱乐部。有研究者认为，淄博是蹴鞠的发源地。而蒲松龄作为淄博人，他的笔下少不了与蹴鞠相关的内容。《汪士秀》就是一篇关于蹴鞠的精彩小说。

小说的开头介绍：汪士秀是安徽合肥人，刚勇有力，他和父亲都擅长踢足球；父亲四十多岁时，过钱塘江淹死了。简单几句话，为后文埋下了伏笔，也决定了小说的走向。

故事中鱼妖蹴鞠的场面，俊美雄奇，气象万千，好看至极！只见球如水银，如射虹，如经天之彗；作为运动场的湖面时而圆月东升、水清如练，时而浪接星斗、万舟颠簸。美景、奇文、妙语，如诗如画，读起来酣畅淋漓。

湖面开宴

汪士秀的父亲在钱塘江落水而亡。八年后，汪士秀有事到湖南，夜晚把船停泊在洞庭湖，欣赏着白练似的湖面。忽然，有五个人从湖心冒出来，把一领硕大的席子铺在湖面上。随后，这些人纷纷把酒菜摆到席子上，只听杯盘碰撞，不像寻常人家使用的器具。

摆设完毕后，三个人坐在席上喝酒，两个人站在旁边侍奉。坐着喝酒的人，一个穿黄色的衣服，两个穿白色的衣服，都戴着黑色的头巾；头巾上端高高耸立，下端披到肩胛和后背上，样子十分奇特古老。

因为月色苍茫，汪士秀看不太清他们的模样。

【评】这三个人为什么如此古怪？因为他们根本就不是人，而是鱼妖。蒲松龄描绘他们在月下的外貌时，对他

们的异类特点做了巧妙的暗示。他把鱼头部和背部连在一起的深色鱼鳞描绘成从头顶披到后背的头巾，妙不妙？看来，从水里冒出来的三条鱼都有黑色的背，其中一条鱼的肚子是黄色的，另外两条鱼的肚子是白色的。

侍奉他们的是一个少年和一个老头，都穿着黑褐色的衣服。

黄衣人说："今天月色很好，我们可以开怀畅饮。"

一个白衣人说："今天晚上的风景，真像天宝年间南海海神广利王在梨花岛举行宴会的时候。"【评】说话之人居然经历过唐代梨花岛祭南海的宴会！看来这是一个千年鱼妖。

三个鱼妖互相举杯祝酒，但声音太小，汪士秀听不清楚他们在说什么。

船家知道遇到妖怪了，赶紧藏了起来，一动也不敢动。

汪士秀偷偷观察服侍他们的老头，觉得这个人有点儿像父亲，但听说话的声音又不像，他不禁十分疑惑。

水面上的球赛

二更将尽，喝酒的一人忽然说："趁着这么好的月光，我们应该击球玩乐。"

侍奉他们的少年立即跳到水里，取出一个大圆球。大圆球有一抱大小，里边好像贮满了水银，内外通明。

坐在席上的人都站了起来，黄衣人招呼那个老头一起踢球。老头抬脚把圆球踢了一丈多高，圆球光芒摇曳，直射人眼。不一会儿，圆球"砰"的一声从远处向汪士秀的船飞来，眼看就要掉到船上。擅长踢球的汪士秀忍不住想施展一番，也不管有没有妖怪了，用力猛踢一脚。他觉得那个球不像普通的球，而是异常松软。也许是因为汪士秀用力太猛，球好像被踢破了。

　　只见球蹦起一丈多高，中间泄出一道光，像彩虹一样；又听"嗤"的一声，球飞快地降落下来，像急坠的彗星扎到水中，顿时波涛翻滚、热浪沸腾；接着，声音消失了，球也不见了。

　　宴席上的人发怒了，说："哪儿来的狂徒，胆敢败坏我们的雅兴！"

侍奉他们的老头却笑了："不错不错，这就是传说中的蹴鞠绝技——流星拐！"白衣人怪罪老仆乱说话，气愤地说："球被踢破了，大家都很生气，你这老奴为什么反倒这么高兴？赶紧跟小乌皮去把那个狂徒抓来！"【评】"小乌皮"是侍奉他们的那个少年。根据名字我们可以猜测，他是一个墨鱼精。

大战鱼妖

汪士秀知道自己无路可逃，也不害怕，拿着刀站在船上。不一会儿，少年和老头拿着兵器冲了过来。汪士秀一看，那老头正是自己的父亲！他连忙大声呼喊："爹！孩儿在此！"

老头大惊，两人互相仔细瞧看，不由得悲痛欲绝。

少年见此情景，转身就走。

老头对汪士秀说："儿子，快藏起来，不然咱们都会

没命的！"

话没说完，宴席上的三个人就跳到了汪士秀的船上。他们脸上黑漆漆的，眼睛比石榴还大。其中一人一把揪住老头，汪士秀奋力跟他争夺。船剧烈地晃动着，拴船的缆绳被扯断。汪士秀用刀砍断了黄衣人的臂膀，黄衣人负伤逃走。一个白衣人朝汪士秀冲过来。汪士秀挥刀砍中了他的脑袋。白衣人跳到水里，"扑通"一声不见了。

汪士秀想带着父亲连夜坐船离开，突然，湖面上冒出一张巨大的嘴巴。那张嘴像井口一样深阔，四面的湖水一个劲儿地往巨嘴里流注，"轰轰"作响。少顷，水又喷涌而出，巨浪滔天，直接天上的星斗。湖面上所有的船都在剧烈地颠簸，船上的人都害怕极了。

汪士秀看到自己所乘的船上有两个压船的石鼓，每个都有百斤重，他便举起一个石鼓投向那张巨大的嘴巴。只见湖水激荡，发出雷鸣般的响声，波浪渐渐消退。汪士秀又把另一个石鼓投入水中，湖面终于平静下来。

父亲对汪士秀说："那年我翻船落水，当时落到江里的人大都被妖怪吃了。我因为会蹴鞠，被妖怪留了下来，成了他们的奴仆。刚才的那三个家伙都是鱼妖，他们踢的球是鱼胞。"

汪家父子团聚，非常高兴，连夜划船离开了洞庭湖。天亮了，他们发现船上有一个四五尺长的鱼翅，汪士秀恍然大悟：这就是我昨天夜里砍断的黄衣人的臂膀啊！

原典精读

旋见巨喙❶出水面,深若井,四面湖水奔注,砰砰作响。俄一喷涌,则浪接星斗,万舟簸荡。湖人大恐。舟上有石鼓❷二,皆重百斤。汪举一以投,激水雷鸣,浪渐消,又投其一,风波悉平。

注释

❶喙:指嘴巴。❷石鼓:在这里指石头制成的鼓状坐具,即石墩。

大意

随即只见一张巨大的嘴巴浮出水面,像井一样深阔,四周的湖水哗哗地往里灌注,砰砰地响。一会儿,那巨嘴又把水往外一喷,波涛汹涌,高接星斗,湖上所有的船都颠簸起来,船上的人恐惧万分。汪士秀的船上有两个石鼓,每个都有一百斤重。汪士秀举起一个向那巨嘴里投下去,激起波涛,发出雷鸣般的巨响。不一会儿,波浪渐渐平息,他又把另一个石鼓投了下去,这才风平浪静。

皇帝玩小虫，百姓遭大殃

皇帝喜欢斗蟋蟀，
全国上下齐寻找。
捉到好蟋蟀的升官发财，
捉不到的家破人亡。

改编自《聊斋志异·促织》

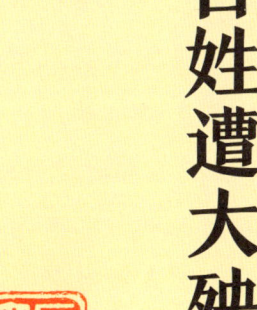

说《聊斋》

促织，即蟋蟀，俗称"蛐蛐"。《促织》是《聊斋志异》的代表作。故事取材于吕毖（bì）《明朝小史》中一个简短的记载。蒲松龄对历史记载进行了加工、改造，写成了一篇脍炙人口的小说。在故事中，皇帝爱斗蟋蟀，官吏横征暴敛，百姓苦不堪言。蒲松龄把批判的矛头直接指向封建统治者。

蒲松龄改写前人的作品有两个特点，一是出新，二是求异。他善于"点铁成金"，取得"青出于蓝而胜于蓝"的艺术效果。故事中对捉虫、斗虫的描写，是古代文学作品中描写蟋蟀的精彩片段。

在这里需要说明的是，《促织》选入一些读本时，编者采用的多是蒲松龄去世多年后、经后人修改的版本，里面有善斗的蟋蟀为少年的灵魂所化的情节。在现存的蒲松龄的亲笔手稿中，则没有这样的情节。

千辛万苦捉蟋蟀

　　明代宣德年间，皇帝喜欢斗蟋蟀，每年都向民间征收蟋蟀。蟋蟀不是陕西地区的特产，华阴县的县令为了讨好上司，却弄了只善斗的蟋蟀进献。于是，朝廷命令华阴县每年都进贡蟋蟀。县里把这件差事往下摊派，乡里的差役、小吏狡猾奸诈，让里正（里长）去做这件事，借此机会勒索老百姓。每摊派一只蟋蟀，就有好多人倾家荡产。

　　乡里有个叫成名的读书人，多年没考上秀才，为人老实木讷，被派作里正。不到一年，他就赔光了家产。又到了要征收蟋蟀的时节，他不敢往下摊派，自己又没钱可垫，一筹莫展。他的妻子说："你愁有什么用？不如到处去搜寻搜寻，万一碰到一只好的，你就能交差了。"

　　于是，成名书也不读了，每天早出晚归去捉蟋蟀。他提着竹筒到破墙下、草丛中，探石挖洞，什么办法都用了，虽然捉到了两三只，但都不符合斗蟋蟀的要求。县令不停地催逼追讨，误期就要打里正的板子。为了一只小虫，成名挨了上百板子，连门都出不了。他左思右想，翻来覆去，还是束手无策。

　　一天，有个人告诉成名，在村东大佛寺能捉到好蟋蟀。于是，成名硬撑着站起来，挂着拐杖来到了大佛寺，在乱草丛中慢慢地搜寻，直找得心烦意乱、两眼昏花、头晕耳鸣，蟋蟀依然无影无踪。

忽然，一只癞蛤蟆蹦了出来，跳入乱草丛中。成名跟随癞蛤蟆的踪迹，拨开草丛，看到一只蟋蟀伏在荆棘根下。他急忙去扑，蟋蟀一闪，钻进了石洞中。

成名用细草棍儿轻轻撩拨，蟋蟀偏不出来；他又把水灌进洞中，蟋蟀这才跳了出来。成名终于捉住了它。只见那只蟋蟀个儿大大的，尾巴长长的，青脖子，金翅膀，显然是上品。成名高兴极了，把蟋蟀装到笼子里，带回家中。全家人都很兴奋，觉得价值连城的美玉也比不上这只小小的蟋蟀。

儿子因小虫险丧命

成名的儿子刚满九岁，好奇心很重，他趁父亲不在家，偷偷地揭开放蟋蟀的盆子，想看看那只神奇的小虫。

不料，蟋蟀突然跳了出来。孩子连忙去扑。等他扑到手里，打开一看，蟋蟀的腿断了、肚子破了，不一会儿就死了。孩子害怕极了，哭着告诉母亲。成名的妻子听了，吓得面如死灰，说："你闯大祸了！等你爹回来，他一定会跟你算账的！"

成名回家，听妻子说了这件事，浑身像被浇了一盆冷水。他怒气冲冲地去找儿子，儿子却不知道上哪儿去了。

不久，成名在井里发现了儿子，但他似乎已经死了。夫妻二人不禁呼天抢地，悲痛至极，觉得人生一点儿希望都没有了。

天快黑了，成名打算用草席将儿子包起来埋葬。他近前摸摸儿子，发现儿子还有微弱的呼吸。成名大喜，连忙把儿子放到榻上。半夜，儿子苏醒过来，成名夫妻稍觉宽慰。不过，成名看到那空空的蟋蟀笼，又愁得说不出话来。因为儿子刚刚苏醒，成名不敢再追究他的责任。

太阳刚刚升起来的时候，成名忽然听到门外有蟋蟀的叫声。他惊讶地起来窥视，看到之前捉到的那只蟋蟀好像还活着，于是连忙去捉。

那只蟋蟀向前跃去，跳得非常快，转过墙角便没了踪影。成名到处张望，又发现一只蟋蟀伏在墙上，但不是原来的那只。这只蟋蟀个头短小，身体是黑红色的。成名看它小，觉得它不中用，继续去寻找刚才追丢的那一只。

这时，墙上的小蟋蟀忽然跃起，落在了成名的衣服上。成名仔细一看，这只蟋蟀长得有点儿像蝼蛄，梅花翅儿，方头长腿，似乎也不错。他高高兴兴地把它捉住，打算送到官府，但又担心不合县官的心意，就想让它先跟别的蟋蟀斗一斗，试试它的本领。

少年读《聊斋志异》

小蟋蟀斗败大公鸡

村里有个喜欢干闲事的少年,驯养了一只蟋蟀,名叫"蟹壳青"。他天天用这只蟋蟀和其他人的蟋蟀斗,无往而不胜。他打算靠这只蟋蟀发财,但因为要价太高,没有人买。少年听说成名捉到了一只好蟋蟀,便到成名家中拜访。看到小蟋蟀后,他捂着嘴笑了,然后拿出自己的蟋蟀,放到斗蟋蟀的盆里。

成名看到少年的蟋蟀个头很大,躯体雄健强壮,先添了几分怯意,不敢让自己的蟋蟀跟它比试。少年

走进大千世界

却坚持要比。成名转而一想：留着不合格的蟋蟀也没用，不如豁出去斗一斗，博大家一笑。于是，他就把自己的蟋蟀也放到了斗盆里。

一开始，成名的小蟋蟀趴着不动，呆若木鸡。少年大笑。成名试着用猪鬃撩拨小蟋蟀的触须，它仍不动。少年又笑。经过成名一次又一次地撩拨，小蟋蟀勃然大怒。两只蟋蟀腾跃搏击，不时振翅鸣叫。不一会儿，只见小蟋蟀猛地跃起，张开尾巴、竖起触须，一口咬住对方的脖子。少年怕极了，急忙把两只蟋蟀分开。小蟋蟀振动双翅，得意地鸣叫着，似乎在向主人炫耀。

成名大喜。他正跟少年一起赏玩蟋蟀时，突然来了一只大公鸡，它径直去啄蟋蟀。成名吓得呆立尖叫。幸亏公鸡没有啄中，蟋蟀跳出去一尺多远。公鸡凶猛地追上前去，眼看就要把蟋蟀压在爪下。成名一时想不出营救的办法，吓得直跺脚。转眼间，他见公鸡伸着脖子又是摆头又是挣扎；近前一看，原来小蟋蟀落在鸡冠上，正死命地咬住鸡冠不松口。【评】小蟋蟀上了"战场"如大将临敌，从容不迫；成名则惊慌万分，让读者不由得屏住呼吸。蒲松龄将这些细节都写得有声有色、有张有弛。一只小小的蟋蟀如何能够斗

败大公鸡？这是蒲松龄根据"幻由人生"的艺术构思设置的，小小的蟋蟀被人赋予了强烈的期盼，所以才表现出非同寻常的能力。

一人得道，鸡犬升天

成名看到小蟋蟀战胜大公鸡，越发惊喜。第二天，他就把蟋蟀呈献给县令。县令见蟋蟀个头很小，以为成名在糊弄自己，狠狠地把他责骂了一番。成名讲述了蟋蟀的非凡本领，县令不信，就让小蟋蟀跟其他蟋蟀斗，结果其他蟋蟀都败下阵来。县令又让人拿公鸡来试验，果然如成名所说，公鸡也不是小蟋蟀的对手。

县令大喜，把蟋蟀献给巡抚。巡抚用金笼子装着蟋蟀，进献给了皇帝，他在呈给皇帝的表章上仔细陈述了这只蟋蟀的神奇之处。

成名的小蟋蟀进入宫中，和其他州县进贡的奇异品种比试，没有一次失败的。而且，每当它听到琴瑟之声，就会跟着节拍跳舞，越发令人感到惊奇。

皇帝非常高兴，赏赐了巡抚，巡抚嘉奖了华阴县令，县令一高兴，不仅免除了成名的徭役，还让他取得了秀才的功名。

走进大千世界

哲理金句

朱门酒肉臭，路有冻死骨

富贵人家的红漆大门里散发出酒肉的香味，路边有冻死的骸骨。形容封建社会贫富差距悬殊。语出杜甫《自京赴奉先县咏怀五百字》一诗。

文化史常识

【促织】蟋蟀的别名。郭璞注《尔雅·释虫》时指出，蟋蟀即"今促织也"。民间有谚语："促织鸣，懒妇惊。"天气渐凉时，蟋蟀的鸣叫声似乎在催促人们加快纺织，准备过冬。

原典精读

方共瞻玩，一鸡瞥来，径进以啄。成骇立愕呼。幸啄不中，虫跃去尺有咫❶。鸡健进，逐逼之，虫已在爪下矣。成仓猝莫知所救，顿足失色。旋❷见鸡伸颈摆扑，临视，则虫集冠上❸，力叮不释。

注释

❶ 尺有咫：一尺多。咫，长度单位，周代八寸为一咫。 ❷ 旋：随即，跟着。 ❸ 虫集冠上：蟋蟀落在鸡冠上。集，止。

大意

两人正在观赏，突然来了一只鸡，径直向小蟋蟀啄去。成名吓得站在那里惊叫起来。幸而没有啄中，小蟋蟀跳出去一尺多远。鸡强健有力，又大步地追逼过去，小蟋蟀已经到鸡爪下了。成名仓促间不知怎么救它，急得直跺脚，脸色都变了。转眼间，只见鸡伸着脖子，又是摆头又是挣扎，到跟前仔细一看，原来小蟋蟀落在鸡冠上，用力咬着不放。

自在不成才，成才不自在

品尝人间疾苦，
体会牢狱之灾。
吃得苦中苦，
方为人上人。

改编自《聊斋志异·细柳》

说《聊斋》

"细柳"是故事中女主人公的名字,她出身书香门第,本不叫细柳,因为身材纤细苗条,便有了这个称呼。实际上,蒲松龄用的这个名字取自周亚夫治军的典故(见《史记》),暗示这个女子有巾帼不让须眉的品质。

细柳与一般的女子不同,她性格刚强,有杀伐决断的气质,把两个本不上进的儿子教育成才,实在是不同凡响!她教育儿子只有吃苦才能成才,这一观点在当代仍然有启发教育意义。

《细柳》是我小时候经常听母亲讲的《聊斋志异》故事之一。母亲讲故事时,常说:"自在不成才,成才不自在。"这句话,我记了一辈子。

未雨绸缪早打算

中都一个读书人家的女儿，名叫细柳。她听从父母之命，嫁给了世家名士高生。【评】世家，是祖上做过官的家庭；名士，是有学问、有名气的读书人。高生原本有一个妻子，后来去世了，留下了一个五岁的儿子长福。细柳进门后，做了长福的继母。

细柳对长福关怀备至，长福对她像依恋亲生母亲一般。细柳成亲一年多后，生了个儿子，取名长怙（hù）。高生问她："为什么起这个名字？"细柳说："我希望他能长久地依偎在父亲膝下。"【评】《诗经·小雅》里有"无父何怙"的诗句，意思是没了父亲就没了依靠。细柳给儿子取名"长怙"，是希望儿子能长久地生活在父亲的保护之下。

细柳从一结婚，就有自己管家的打算。她对女人常做的事，比如女红，并不用心；对一般由男人掌管的事则特别留意，比如怎样根据地形和水源分派田亩、家里

少年读《聊斋志异》

要交多少税等,她都亲自过问,唯恐知道得不够详细。后来,她干脆对高生说:"你身体不好,家里的事就不要管了,由我来操持,你看行吗?"高生同意了。

从此以后,细柳早起晚睡,勤勉劳作,把家事料理得井井有条。【评】在当时,通常都是丈夫当家,细柳却"越俎代庖"。为什么?其实,她是在未雨绸缪。

有一天,高生外出喝酒,收税的差役来了,拍打着门叫骂。细柳让仆人去说好话,差役不肯走,她只好派人去请高生回来。高生回来后,三言两语便把差役打发走了。高生得意地对细柳说:"细柳,你现在知道再聪慧的女子也比不上男子了吧?"听了这话,细柳低下头哭了。

为了证明女子也可以像男子那样做事,细柳接受这次教训,勤俭持家,晨兴夜寐。每一年,她都事先准备好来年应该交的税,所以整年不见催税的差役登门。她又用这个办法管理全家的开支,使家里的生活渐渐宽裕。

高生身体不好,细柳担心他发生意外,禁止他外出远游。每次高生回家晚了,她就派书童、仆人接二连三地去请。朋友们都拿这事开高生的玩笑。细柳并不在意,照样小心翼翼地照顾丈夫。

走进大千世界

有一天，高生到朋友家喝酒，忽然觉得身体不舒服。他连忙往回走，到了中途，从马上摔了下来，去世了。多亏细柳早就有应对之策，把丧事处理得很顺利。乡里的人都很佩服细柳，还说她有未卜先知的本事。【评】可以说，细柳是个有智慧、有主见的贤妻。

不避嫌疑训继子

丈夫去世后，细柳遇到了一个很大的问题，那就是如何管教两个儿子。

长子长福因为亲生母亲去世得早，娇气懒惰，父亲一去世，他就不肯读书了。在细柳看来，这非管不可。【评】细柳是怎么管的呢？她的方法可以说是比较强硬的：你不是不喜欢读书、不上进吗？那我就叫你知道不读书、不上进的后果！

长福逃学，跟放牧的孩子一块玩耍。细柳再三训诫，他却屡教不改。一天，细柳把长福叫来，说："你不愿意读书，我也不强迫你。但我们家不富裕，养不了闲人。你把衣服换了，跟仆人一起干活吧！"于是，长福换上破衣服去放猪，回来后就跟仆人一起吃饭。

过了几天，长福吃不了苦，哭着跪到院子里，表示愿意回来读书。细柳面朝墙壁，对长福的请求置若罔闻。长福只好拿起放牧的鞭子，哭着离开了家。【评】细柳知道，

少年读《聊斋志异》

如果这时她心软了，让长福回来读书，他很可能读上几天就故态复萌。

深秋已至，长福仍穿着破衣服，光着脚，像乞丐一样。街坊邻居都看不下去了，私下里说："看看高家，因为是继母，少爷就成放猪娃啦。"细柳听到这些闲言碎语，并不放在心上。

长福受不了放猪的苦，逃走了。细柳听之任之，也不问他跑到哪里去了。过了几个月，长福连讨饭都找不到地方，只好面黄肌瘦地回来了。他哀求邻居老妈妈找细柳求情。细柳说："他如果肯挨一百棍子，就可以来见我。不然，他趁早离开吧！"长福跑进来，痛哭流涕，表示自己愿意挨打。细柳问："你现在后悔了？"长福说："后悔了！"细柳说："你既然知道后悔，我就不打你了，你继续放猪去吧。"长福大哭："我愿意挨一百棍子，只求母亲让我重新读书。"细柳这才叫长福洗澡，换衣服，进学堂。从此以后，长福认真读书，三年后考中了秀才。巡抚杨公看到他的文章后，十分器重他，按月供给他钱粮，帮助他刻苦攻读。【评】巡抚重视长福的情

节，实际上是一个伏笔。

狠心教训亲生子

　　细柳的亲生儿子长怙也不成器，整日里游手好闲。细柳对他说："士农工商，各有本业，你既不愿读书，又不想务农，难道想饿死吗？"可长怙根本没把她的话听进去。

　　细柳让长怙学习做买卖，但是长怙好赌，不管给他多少钱，到手就花光，还撒谎说遇到了盗贼。

　　为了彻底改变长怙的恶习，细柳想出了一个计策。

　　一天，长怙要求跟随几个商人到洛阳做生意，其实他想借机逃脱母亲的监管，肆意吃喝玩乐。细柳对长怙的心思洞若观火，表面上却装出一副毫不怀疑的样子。她先拿出三十两散碎银子给长怙，又拿出一锭大银子，说："这锭银子是祖上传下来的，不可以用，只是给你压行李。你刚开始学做生意，不要指望挣多少钱，亏不了本钱就可以。"长怙满口答应，心中暗暗欢喜。

　　长怙到了洛阳后，也不去做生意，天天吃喝玩乐。十几天后，那三十两碎银子就花光了。但他自以为有大锭的银子压箱底，并不在意。等到他拿出那锭银子准备用时，才发现银子是假的！

　　很快，有人告发了长怙，长怙被抓了起来。官府不由分说，把他痛打了一顿，然后关进了监狱。在狱中，长怙因为没有钱向狱卒行贿，总是被欺侮，只能靠向其他犯人讨饭苟延残喘。

话说早在长怙离家时，细柳便对长福说："二十天后，你到洛阳一趟，记着到时候提醒我。"长福询问缘由，只见细柳难过得要哭出来了，便不敢再问。

二十天后，长福去问细柳，细柳叹息着把教训长怙的计划和盘托出："你弟弟轻浮放荡，就像你当初不肯读书一样。当年我如果不担恶名，一味地纵容你，任你胡作非为，你怎么能有今天？他们都说我狠心，可我为了你，流的眼泪把枕头都浸湿了，谁又能知道呢？你弟弟不知悔改，所以我故意给了他一锭假银子，让他受点挫折。估计他现在已经被抓进监狱了。巡抚待你很好，你去求他，救出长怙，也许他能浪子回头。"

长福依母亲所言，来到洛阳，此时弟弟长怙已被抓进监狱三天了。在狱中，长怙奄奄一息，一见哥哥，哭得抬不起头来。长福受巡抚赏识，遐迩闻名，县令知道这层关系，就把长怙放了出来。

【评】这次"伪金案"可以说是细柳精心设计的。整件事除了会让长怙吃点儿苦头外，有惊无险。细柳送长怙出门时，并没有向长福透露自己的真实意图。因为她清楚，如果长福知道了，会因为心有不忍而去提醒长怙，那么她教育儿子的目的就无法达到。其实，细柳也是不得已而为之。长怙已误入歧途，一般的手段教育不了他，就像有的

走进大千世界

人病入膏肓，必须用猛药才能治好。由此可见，细柳是个有大胆量、大胸怀，敢于承担大责任的人。

　　长怙回到家后，跪在母亲跟前。细柳说："你现在心满意足了吗？"长怙不敢作声，长福也陪弟弟跪着。细柳这才让他们起来。

　　从此，长怙痛改前非，家里的各种事务，他都勤勤恳恳地办理。过了几个月，长怙想外出经商，便把自己的打算告诉了哥哥。细柳听说后，借了许多钱交给长怙。

　　这一次，长怙外出经商半年，获利一倍。

　　再后来，长福乡试中举，三年后又中了进士；长怙做买卖，也挣了数万两银子。高家的生活越来越富裕，可细柳一如往常，衣着朴素，和普通人家的女子没什么两样。

少年读《聊斋志异》

哲理金句

自在不成才，成才不自在

　　俗语，意思是一味贪图安逸，就无法成为有才能的人；要想成为有才能的人，就不能一味地贪图安逸。

文化史常识

【细柳】原指地名，在今陕西咸阳附近。汉文帝时期，将军周亚夫曾在此驻军。他治军有方，后人便以"细柳"代指纪律严明。据传，汉文帝曾亲自带人劳军，来到细柳，但军士不许他们进入，说："军中闻将军令，不闻天子之诏。"周亚夫传令开门后，军士对汉文帝的随从说："将军规定，军营中不得驱车奔驰。"于是，汉文帝一行人只能压着缰绳，让车马慢慢地走。到了大营，周亚夫只对汉文帝作揖，不下跪，说："我盔甲在身，只能以军礼拜见陛下。"

花拳绣腿必吃亏

稍微学点儿本事，
就自诩天下第一。
遇到真正高手，
才发现自己是井底之蛙。

改编自《聊斋志异·武技》

说《聊斋》

这是一个写淄川人李超年少气盛且不自量力的故事,情节生动精彩,读起来饶有趣味。

故事中,李超不知天外有天、人外有人的道理,一再挑战尼姑;尼姑因为与李超师出同门,一再退让。李超急于表现自己,不知深浅,一味逞能;尼姑深晓李超的本事,在比武过程中胸有成竹,既要教训浅薄的李超,又要给他留点面子,"但笑不言",却蕴藏着千言万语。

蒲松龄以小喻大,在武打场面的描写中寄寓人生哲理。故事的主人公名字中虽有"超"字,但实际上与能力超群的高手相差甚远。

学 武

　　淄川西乡人李超为人豪爽，乐善好施。有一天，他偶遇一个化缘的和尚，便请和尚吃了顿斋饭。和尚感激他，说："我是从少林寺出来的，懂点儿武艺，愿意传授给你作为答谢。"

　　李超很高兴，请和尚住在客房，每天供应丰盛的饭菜，从早到晚都跟着他练武。学了三个月，李超的武艺大有长进，因此他很得意。

　　一天，和尚问李超："你觉得自己都学会了吗？"

　　李超说："那是当然！师父所有的本事，我觉得自己都学到手了。"

　　和尚笑了笑，让李超演练一下给他看。

　　于是，李超练了起来。只见他一会儿像猿猴一样腾空而起，一会儿像小鸟一般飘然而落，腾挪跳跃了好一阵子，最后傲然自得地站在那儿，一副目中无人的样子。

　　和尚笑着说："还不错。既然你把我的全部本事都学到手了，咱们比比看吧？"

　　李超欣然同意，两只手在胸前交叉，摆开架势。他与和尚你来我往，互不相让。李超不时地寻找和尚的破绽，妄图一招制敌。突然，和尚飞起一脚向李超踢来。李超来

少年读《聊斋志异》

不及躲闪,眨眼间就被踢到一丈开外。和尚拍拍手,说:"看来你还没有完全学会我的功夫啊!"

李超两只手撑在地上,既惭愧又沮丧,请和尚继续指教。又过了几天,和尚告辞而去。

后来,李超有了擅长武艺的名声,走遍大江南北,没有碰到过对手。

自不量力

一天,李超路过济南,看到一个年轻的尼姑在街头卖艺,四周站满了看热闹的人。尼姑对大家说:"我一个人在这儿翻来覆去地表演,未免太过冷清。有哪位朋友喜欢武艺,不妨下场跟我比试比试。"

尼姑连说三遍，众人你看看我，我看看你，没有人敢应声。李超在一旁不由得技痒，凭着一时意气站了出来。

两人刚一交手，尼姑就说："停！这是少林派的功夫。你的师父是哪一位？"李超一开始不说，在尼姑的再三追问下，才说出和尚的名字。

尼姑听后，拱手道："憨和尚是你的师父？如果是这样，咱们就不必交手了，我甘拜下风。"李超不依，再三要求尼姑跟自己交手。尼姑仍不同意。

围观的人都怂恿二人练练。尼姑对李超说："既然你是憨师父的弟子，咱们就是同宗同派的一家人。练练无妨，只要心领神会、点到为止就可以了。"

李超虽然嘴上答应了，但一心想打败尼姑，博一个武功高强的名声。两人交手，你来我往，几个回合后，尼姑突然要求停止。李超问她为什么，尼姑只是笑笑，不说话。李超以为她害怕了，固执地要求继续比武。尼姑不得已，再次出手。不一会儿，李超飞起一脚向尼姑踢去。尼姑五指并拢，往李超的腿上一削，李超顿时觉得膝盖以下好像被刀斧砍中，一个跟头翻倒在地，爬不起来了。尼姑笑吟吟地向他谢罪，说："冒犯了！请不要怪罪！"

李超被人抬回家，过了一个多月腿上的伤才好。

一年多后，和尚又到李超家里做客，李超把他跟尼姑交手的事情告诉了和尚。和尚吃惊地说："你也太鲁莽了！你惹她做什么？幸亏你事先告诉了她我的名字，不然，你的腿早就断了！"

原典精读

然以其文弱故，易之❶，又少年喜胜，思欲败之，以要❷一日之名。方颉颃❸间，尼即遽❹止。李问其故，但笑不言。

注释

❶易之：轻视她。❷要：博取。❸颉颃：原指鸟上下飞翔，在这儿比喻比武时的腾跃进退。❹遽：忽然。

大意

（李超）见尼姑生得文弱，有轻视之心，加上他年轻气盛，好胜心强，一心想要打败尼姑，以博得一时的名声，于是两人重新打在一起。就在你来我往间，尼姑忽然住手不打了。李超不解，询问缘故；尼姑只是笑着，也不说话。

点石起舞戏小人

高傲自大的贵公子,
因富丽堂皇的院落而洋相尽出。
轻歌曼舞的女子,
原来是茅厕里的石头!

改编自《聊斋志异·道士》

说《聊斋》

　　这个故事的主人公是一个真人不露相的道士，他能点化仙境，诲人劝世。

　　故事的篇幅虽短，情节设置却很有层次，将"势利眼"和"巧伪人"讽入骨髓。韩生和徐生都很势利，但其卑劣程度不同，所受到的惩罚也有区别：韩生拥长石睡在阶下，徐生则枕厕石睡在茅坑边。

　　在这则故事中，"石"字最关键。石家姐妹是美丽的女子，也是石头。对道士而言，她们是温暖而香气袭人的美丽女子；但面对势利的韩生和徐生，她们则变成了冰凉而臭气熏天的石头，身材细长者是长石，娇小玲珑者是厕石，你说这样的构思妙不妙？

设宴遇道士

贵公子韩生好客，同村的徐生常在他家喝酒。有一天，两人正喝酒时，有个道士来到韩家来化缘，韩生招呼他入座。道士向主人和客人拱拱手，坦然坐下。

韩生问："道长从哪里来？"

道士回答："村东头的破庙。"

韩生很惊讶，说："你何时来的，我居然不知道，也没尽地主之谊，真是抱歉！"

道士说："山野之人初来乍到，没有什么朋友，听说公子豪爽大方，便想跟你讨杯酒喝。"

徐生见道士衣衫破旧，便对道士十分傲慢。韩生也把道士当一般走江湖的人对待，言辞冷淡。道士连喝二十几杯酒后，就告辞了。

从此，韩生每次设宴，道士总是不请自到，见饭就吃，见酒就喝。久而久之，韩生心生厌烦。

有一次，徐生嘲笑道士："道长每天来做客，就不想做回主人吗？"

道士笑道："贫道和公子一样，两个肩膀扛个吃白食的嘴。"

徐生听了，羞愧得说不出话来。

道士又说:"话虽如此,贫道还是想诚心诚意地招待二位,明天中午请二位光临小庙。"

赴宴破庙见奢华

第二天,韩生和徐生一起去村东的破庙。路上,两人心里直嘀咕:那么破的地方,怎么能请客呢?

进了庙门,两人大吃一惊:院落焕然一新,亭台楼阁连成一片,琼楼玉宇,好生阔气!进屋再看,家具、装饰豪华讲究。顿时,二人对道士心生敬意。

三人入座后,斟酒上菜的都是十几岁的小童,他们都穿着绸缎做的衣服。很快,精美的酒菜摆满桌子。果品都很珍奇,用水晶盘盛着,韩、徐二人都叫不出名字来;美酒用大玻璃盏盛着,周长有一尺多。

少顷,道士吩咐小童:"把石家姐妹叫来。"

不一会儿,两个美丽的女子走了进来。一个身高腰细,一个小巧玲珑,都非常美丽。道士说:"你们唱歌给二位公子助助兴吧!"

年龄小的女子拍板唱歌,年龄稍长的女子则吹洞箫配合,歌声、箫声环绕梁间,袅袅不绝。一曲唱毕,道士问:"你们还能跳舞吗?"

话刚说完,立即有人铺上华丽的地毯,两女对舞,长袖飘拂,香气四溢。跳完舞,两人斜倚在画屏边。韩生和徐

走进大千世界

生心旷神怡，不知不觉喝醉了。道士不再劝酒，说："你们继续喝，我休息一会儿就来。"说完，便起身离开了。

南屋的墙下摆着一张精美的螺钿床，上面铺着锦褥。徐生大声呼喝，让韩生和年龄大些的女子坐在一起，自己则趁着酒意，拉着娇小的女子到北边的屋里去了。

韩生登上绣榻，只见那女子已经沉沉入睡，推也推不动，只好偎依着她也睡了。【评】为什么推不动？是女子太重了吗？后文自见分晓，这里是蒲松龄在做铺垫呢。

美人变石头

第二天早上，韩生酒醒，觉得怀里抱着一个凉凉的东西。他仔细一看，哪儿有什么美人、绣榻？自己正抱着一块长长的青石躺在破庙的台阶下。再看徐生，他还没醒，正枕着一块上厕所时垫脚的石头，在臭气熏天的厕所里呼呼大睡呢。

韩生忙把徐生踢醒。两人非常惊慌，再四处瞧瞧，哪儿有什么亭台楼阁？哪儿有什么美味佳肴？只有一座长满荒草的院子和两间破屋罢了。

原典精读

徐见其衣服垢敝❶，颇偃蹇（yǎn jiǎn）❷，不甚为礼，韩亦海客❸遇之。道士倾饮二十余杯，乃辞而去。自是每宴会，道士辄至，遇食则食，遇饮则饮，韩亦稍厌其频。

注释

❶垢敝：又脏又破。垢，污秽；敝，破旧，破烂。❷偃蹇：傲慢。❸海客：浪迹四方的人，走江湖的人。

大意

徐生见道士穿得又脏又破，便有些傲慢，对他不是很讲礼节，韩生也把道士当作一般的走江湖的人对待。道士一连喝了二十多杯，才告辞离去。从此以后，韩生每次举办宴会，道士总是会来，见到饭就吃，见到酒就喝。次数多了，韩生也有些厌烦。

聪慧少年除妖狐

母亲受妖狐迷惑,
十岁少年出手救母。
他像排兵布阵的大将,
不动声色地除掉妖狐。

改编自《聊斋志异·贾儿》

说《聊斋》

古代把商人称为"贾（gǔ）"，"贾儿"指的就是商人的儿子。

商人某翁外出经商，妻子在家中精神失常。商人十岁的儿子听邻居说母亲被妖狐迷惑了，便不动声色地安排起除狐大计。他先是设计砍断狐尾，又用计引诱狐奴上当，干净利落地消灭了妖狐。

在"贾儿"这个少年的身上，体现了古人最推崇的仁、孝、勇等精神。无怪乎他日后能成为武官，原来从小就有运筹帷幄的能力。

顽童勇断狐尾

楚地有个商人，常年在外地经商，家里只有妻子和十岁的儿子。不知道从什么时候起，妻子被妖狐缠上了，白天神情恍惚，夜里或哭或唱，不让任何人靠近。男孩很是担忧。

这天夜里，男孩又听到母亲屋里有动静，便知道妖狐来了。他点灯去看，却遭到了母亲的责骂，但他并不在意。邻居知道后，都说这个男孩的胆子真大。

到了白天，人们发现男孩嬉戏玩闹时，一点儿也不讲分寸。他用砖头、石块把窗户垒上，谁劝都不听。如果有人拿掉窗户上的砖头、石块，他就立刻在地上打滚。不过几天工夫，两个窗户便被男孩堵得严严实实。堵完窗户，男孩又和泥来堵砖头和石块之间的缝隙。他还把菜刀拿了出来，霍霍地磨个不停。

人们看到男孩的这些行为，纷纷斥责道："这孩子太顽皮了，简直无法无天！"

一天晚上，男孩没有睡觉。他把菜刀揣在怀里，用瓢扣住灯光。听到母亲说出喃喃的梦话，他马上拿开瓢，亮出灯光，跑到母亲的房间门口叫喊。

过了一阵子，男孩听屋里没什么动静，便离开房门，说："我要开始搜啦！"突然，一个狸猫似的东西向门缝奔来，男孩举刀就砍，砍断了它的一截尾巴。【评】原来，男孩以玩闹的形式将窗户堵严，是为了让妖狐落入埋伏；男孩磨刀霍霍，是为了砍杀妖狐，可惜只砍断了狐尾。

巧计除妖狐

等到天亮，男孩看到一串血迹越过院墙，进了隔壁何家的花园。

不久，商人回来了，妻子依然精神错乱。男孩知道，只有根除妖狐，母亲才能恢复正常。

这一日黄昏时分，男孩悄悄地潜入何家花园，埋伏在草丛中。不久，月亮升起，他看到有两个人正在饮酒，一个大胡子仆人在旁边服侍。其中一个人对大胡子仆人说："明天带壶白酒来！"不一会儿，两个喝酒的人离开了，仆人则脱了衣服躺在大石头上。那家伙四肢像人，却有条尾巴拖在身后，想来是一个狐奴。男孩本想回家，又怕被狐奴发觉，就在草丛里趴了一夜。天亮后，他才悄悄起身回到家中。

商人问他："你去哪儿了？"

男孩回答："我住在伯伯家了。"

后来，男孩随商人到集市上去，看到一家卖帽子的商铺里挂着狐尾。他灵机一动，想到了一个好主意。他央求

走进大千世界

商人买下狐尾。商人一开始不肯,他便不停地撒娇吵闹,商人只好答应了。男孩又趁商人不注意,买了壶白酒寄放在酒铺的走廊里。

随后,男孩跑到靠打猎为生的舅舅家中。舅舅出门了,男孩便对舅母说:"我母亲因为老鼠咬了衣服,又哭又骂,让我来要一点儿猎野兽的毒药。"舅母给了男孩一点儿。男孩觉得少,趁舅母做饭的时候,又抓了一大把藏到怀里,然后对舅母说:"你不用做饭了,爹爹还在集上等我呢!"

少年读《聊斋志异》

男孩回到集市，偷偷地把药放到买来的白酒里，直到傍晚才回家。

从此以后，男孩每天在集市上转来转去，似乎在寻找什么。

有一天，男孩在人群中发现了那个大胡子狐奴，便紧紧地跟在他身后，和他套近乎。

男孩问："大哥，你住在什么地方？"

大胡子说："我住在北村。你呢？"

男孩故意说："我住在山洞里。"

大胡子感到很奇怪："你为什么住在山洞里呢？"

男孩笑道："我祖祖辈辈都住山洞里，你不也是？"

大胡子大吃一惊："请问你贵姓？"

男孩回答："我是胡家子弟，我之前看见你和两个年轻人在一起，你忘记了吗？"

大胡子盯着男孩看了半天，半信半疑。

男孩轻轻撩起衣服的后摆，稍微露出一截买来的狐狸尾巴，说："我们混迹于人群中，这个东西却去不掉，真伤脑筋！"

大胡子问："你到集市上来干什么？"

男孩说："父亲派我来买酒。"

大胡子说："我也是来买酒的。咱们穷，我只能经常去偷酒。但主人吩咐，我又不得不干。"

男孩问："你的主人是谁？"

大胡子答道："就是你见过的那两个。一个住在北城，一个住在东村某翁家。某翁家的儿子很凶，主人被他砍断了尾巴，十来天才恢复，现在又回他们家了。哎呀，光跟你聊天了，差点儿误了大事，我还得去偷酒呢！"大胡子说完，向男孩告别。

男孩说："我这里有原先买下的酒，送给你交差吧！我还有钱，可以再买。"

大胡子说："这让我怎么回报你呢？"

男孩说："咱们都是同类，何必计较这些东西。有空时，我还想跟你好好喝一杯呢。"

男孩和大胡子一起来到集市的酒铺廊下，取出他寄存在那儿的毒酒。他把酒给了狐奴，然后就回家了。

当天夜里，男孩的母亲睡得非常安稳。男孩知道妖狐一定出事了，就把自己做的事告诉了商人。父子一同去何家花园查看，只见两只狐狸死在亭子上，一只死在草丛中，嘴边还往外流血。其中一只死狐的尾巴断了半截。

商人感到十分惊奇，问男孩："你为什么不早些告诉我呢？"

男孩说："我听说妖狐最机灵，只怕我稍一泄露消息，他们就知道了。"

商人高兴地说："我儿子就像汉代的陈平那样足智多谋呀！"

妖狐绝迹后，男孩的母亲很快安静了下来。商人觉得儿子是个奇才，便让他学习骑马射箭。男孩长大后从了军，一直做到总兵的职位。

哲理金句

君子慎密而不出

君子谨慎，能保守秘密，不会随意地说话。慎密，即谨慎保密、认真细致。语出《易经》。

文化史常识

【陈平】西汉初年的大臣，曾跟随项羽入关，后与张良、韩信等共同辅佐刘邦取得天下，被封为曲逆侯。据说，他曾为刘邦六出奇计。刘邦去世后，因吕后专权，陈平被削夺实权。吕后死后，他迎立汉文帝有功，任丞相。

原典精读

儿薄暮❶潜入何氏园，伏莽❷中，将以探狐所在。月初升，乍闻人语。暗拨蓬科❸，见二人来饮，一长鬣(liè)奴❹捧壶，衣❺老棕色。

注释

❶薄暮：傍晚，太阳快落山时。❷莽：草木。❸蓬科：杂草。❹长鬣奴：长胡子奴仆。❺衣：穿着。

大意

黄昏时分，商人的儿子偷偷潜入何家花园，埋伏在草木丛中，想探寻妖狐在哪里。月亮刚升起，他忽然听到有人说话，暗暗拨开草丛，只见有两个人来这儿喝酒，一个大胡子奴仆捧着酒壶，穿着深棕色的衣服。

情义深深人与蛇

人和蛇是好朋友，
蛇和蛇是好伙伴。
人和蛇亲如长幼，
蛇和蛇爱如兄弟。

改编自《聊斋志异·蛇人》

说《聊斋》

我国古代文学中,有不少关于人和蛇的故事,最为人所熟知的当属《白蛇传》。古往今来,很多人都被这个故事中人与蛇之间的深情厚意打动。

《聊斋志异》中也有一个关于人与蛇的温情故事。耍蛇人与蛇相互陪伴,感情颇深。后来,人蛇因故分离。但多年后,耍蛇人与蛇在山路上重逢,双方都认出了彼此。

蒲松龄仅仅是在讲一个人与蛇之间的传奇故事吗?当然不是。他是在借这个故事讽刺那些无情无义的人。在他看来,人与蛇之间尚且相互信任、彼此依靠,而有的人却对朋友落井下石,甚至恩将仇报,令人不齿。

二蛇归来

　　东郡某甲以耍蛇为生，曾驯养过两条蛇，它们都是青色的，大蛇叫"大青"，小蛇叫"二青"。二青的额头上有个红点，性情温顺，每次在耍蛇人身上盘旋表演时，都令人称心如意。耍蛇人特别喜欢它。

　　有一年，大青死了，耍蛇人想找条蛇代替它，可是一直没有找到。

　　一天夜里，耍蛇人借住在山上的寺庙里，早上起来，发现二青不见了。他四处寻找，不停地呼喊着："二青！二青！"却始终不见二青的踪影。

　　之前，路过树林和茂密的草丛时，耍蛇人常将二青放出去，让它自由自在地玩一会儿，它也总会自己回到竹笼。这次二青久久不归，耍蛇人不由得心急如焚。

　　忽然，耍蛇人听到附近的草丛里有窸窸窣窣的声音。他定睛一看：二青回来了！耍蛇人大喜。二青在他跟前停下，身后还有一条小蛇。

　　耍蛇人轻轻抚摸着二青，说："我还以为你跑了呢！这小伙伴是你推荐给我的吗？"

　　耍蛇人拿出食物给二青吃，也投给小蛇。小蛇畏畏缩缩地不敢吃，二青便衔了食物喂它，就像主人在殷勤地招待客人。之后耍蛇人再喂小蛇,小蛇就吃了。吃完后,小蛇随着二青进入竹笼。

耍蛇人将它们带回家,悉心调教小蛇。小蛇盘旋弯曲,行动合乎规矩,与二青没有多少差别,耍蛇人便给它取名"小青"。他靠着两条蛇卖艺,赚了许多钱。

走进大千世界

十里相送

　　一般说来，耍蛇戏的蛇身长不超过二尺。因为如果超过二尺，蛇就太重了，不易耍弄。所以，耍蛇人养的蛇常常会更换。但因为二青温驯，虽然它已超过二尺，耍蛇人却一直没把它换掉。又过了两三年，二青长到三尺多长了，硕大的身躯将竹笼撑得满满的，耍蛇人这才下定决心放它走。

　　这天，耍蛇人来到淄川东山，用美味的食物喂饱了二青，对它说："二青啊，你现在长大了，也该回到山林享受自由了！"

　　耍蛇人把二青从竹笼中放出来。没想到，二青走了一会儿，又回来了，依依不舍地围着竹笼爬来爬去。

　　耍蛇人说："去吧，二青！世上没有不散的筵席，从此以后，你就隐身深山大谷，天长日久，一定能成为神龙。这小小竹笼，岂是你长久待的地方？"

　　二青听后，似有所悟，这才离去。过了一会儿，二青又回来了，还用脑袋撞击竹笼。小青则在竹笼里左摆右旋。耍蛇人突然明白过来，说："你是想跟小青告别吧？"说完，他打开竹笼。小青从笼中爬了出来，和二青点头示意。两条蛇像好友告别，恋恋不舍。

　　二青仿佛在说："和好朋友分开，真不是滋味！"

小青仿佛在说："你放心地去吧，我会照顾好自己的！"

过了一会儿，两条蛇一同蜿蜒爬走了。正当耍蛇人担心小青会一去不复返的时候，小青孤零零地回来了。它钻进笼子里，趴在那儿一动不动，好像很伤心。【评】小青居然给二青来了个"十里相送"！

二青走后，耍蛇人到处寻找合适的蛇代替它，可找到的都不如二青好。再后来，小青也渐渐长大，身子像孩子的手臂那样粗了。

山路重逢

一天，耍蛇人从东山经过。突然，一条碗口粗细的大蛇带着风声向他扑了过来。耍蛇人大为惊恐，拔脚狂奔；大蛇仰首疾进，追得很紧。耍蛇人回头一看，蛇的额头上有个红点，他急忙喊道："二青！二青！"

大蛇闻言，立即停止追赶，看向耍蛇人，然后爬到耍蛇人身边，盘绕在他身上，像过去耍蛇时那样。原来，它就是当年耍蛇人放走的那条青蛇——二青。

虽然耍蛇人觉得二青并无恶意，但它的身躯太重了，他实在受不了。他累倒在地，不停地向二青请求，二青这才放开他。

二青又用脑袋碰了碰竹笼，耍蛇人知道它的意思，于是打开竹笼，让小青出来。两条蛇相见，欢快地一起爬行，好像在说："我们总算又见面了！"

耍蛇人对小青说："你也长大了，我早就想放了你，今天你有伴了！"

他又转向二青，说："小青是你引荐来的，现在还由你领它走。我想嘱咐你们的是，深山老林里不缺吃的东西，你们千万不要出来骚扰行人。"

两条蛇低下头，好像接受了主人的忠告。

随后，二青在前，小青在后，一起走了。它们经过的地方，草木向两边伏倒。

耍蛇人呆呆地望着它们，直到看不见了才离去。

从此，这条山路通行无阻，再也没有大蛇出没，没人知道二青和小青到什么地方去了。

哲理金句

相知无远近，万里尚为邻

知己不分远近，即使相隔万里也如同邻居一般。形容彼此心灵相通，即使远隔万里，也能领会对方的思绪。语出张九龄《送韦城李少府》。

严冬荷花映日红

寒冬腊月万木凋零,道士擅长幻术,使大明湖上荷花盛开,荷香四溢如诗如梦。

改编自《聊斋志异·寒月芙蕖》

说《聊斋》

这则故事名为《寒月芙渠》。"芙渠"是什么？就是荷花。宋代诗人杨万里写过一首诗："毕竟西湖六月中，风光不与四时同。接天莲叶无穷碧，映日荷花别样红。"这首诗描写的是西湖六月荷花盛开的场景。那么，荷花能不能在严冬开放？能！《聊斋志异》中就有这样的传奇故事。

在《寒月芙渠》中，严冬时节，荷花盛开，荷香沁人心脾；美景如诗如画，来如惊鸿，去如游龙。前代作家多次写过虚幻世界，但能像蒲松龄这样既写虚拟美景又写深刻人生，文章既迷离虚幻又蕴含哲理的，并不多见。

惩治无赖声名扬

济南有个道士，无论春夏秋冬，都只穿一件夹衣，系一条黄丝绦，用半把破梳子打理头发。白天，他赤着脚游走在大街小巷之中。夜里，他便睡在街头；如果是冬天，他身体周围数尺之内冰雪消融。

道士刚到济南时，常常表演幻术，人们会向他施舍钱财。有一次，一个无赖让他传授幻术，道士没有答应。后来，道士在河里洗澡时，无赖趁机抱走了他的衣服，借此要挟他。

道士向无赖作揖，说："请把衣服还给我，我一定教给你法术。"无赖担心道士骗人，坚决不还。道士默不作声。不一会儿，无赖手中的黄丝绦变成了一条又长又粗的蛇，在他身上缠了六七圈，然后昂起蛇头，对着他怒目而视。无赖大吃一惊，吓得面色铁青，跪在地上，乞求饶命。因为这件事，道士更加有名了。

济南的官僚士绅听说道士的法术厉害，纷纷和道士结交。布政司、按察司等衙门的各级长官也久闻其名，每次举行宴会，都邀请道士参加。

少年读《聊斋志异》

荷花齐放梦一场

有一天，道士在大明湖的水面亭上设宴，款待诸位官绅。官绅们到了设宴场所，道士躬身出迎。众人进到亭中，看到这里连桌椅坐榻都没有，不禁怀疑道士是在胡闹。道士说："贫道没有仆人，还需借用诸位的随从，替我张罗张罗。"

道士在墙上画了两扇门，敲门后，里边有人把门打开。众人凑近观察，见门里有一些人在来回走动，屏风、帐幔、床榻、几案、座椅等，一应俱全。随即，有人把这些东西拿到门外，道士让众官绅的随从接过来，摆放到亭中。道士嘱咐随从不要跟门里的人交谈，因此，在门里门外传送东西的人只是相视一笑，并不作声。不一会儿，亭中就摆满了华丽的器具。接着，飘香的美酒、热气腾腾的山珍海味，一样接一样地从门里递出来，在座的人无不惊异。

水面亭背临湖水，每年六月，大明湖数十顷荷花盛开，一望无际。道士设宴的时候正值严冬，窗外一片茫茫，只有含烟的绿波。一个官员感叹道："今天如此盛会，可惜没有荷花！"大家也随声附和。

不一会儿，一个差役跑来报告："荷叶满塘啦！"

在座的人无不愕然，他们推开窗子，放眼望去，果然

走进大千世界

满眼都是青翠的荷叶，其中夹杂着一些花蕾；转眼间，千朵荷花一齐开放！寒风吹来，荷花的香气沁人心脾。大家感到好奇，又派差役划船去采荷。差役进入荷花深处，不一会儿空手归来，报告说："小人乘船去，看到荷花在远处开放。我们一直划到北岸，又看到荷花原来开在南边的水面上。"

道士笑着说："这是幻梦空花。"

不久，酒宴结束，荷花也凋谢了。北风骤然吹起，残枝败叶都被吹倒在水中，直至消失不见。

美酒竟是自家藏

济东道的道员很喜欢道士的法术，便把道士带回官署,让他每天陪自己游玩。道员家里有祖传的美酒,可他有些吝啬,每次请客只让客人喝一斗。这一天,客人们觉得酒好喝,坚持要求道员把所有的美酒都拿出来,让大家一醉方休。

道员不肯。道士笑着对客人说:"各位想喝个痛快,可以找我要酒。"客人请道士兑现诺言。只见道士先把酒壶放到自己袖子里,不一会儿又把酒壶拿出来,给在座的每个人斟上。那酒的味道跟道员家的美酒丝毫不差,而且每斟每有。最后,大家尽欢而散。

道员心中疑惑,便进屋查看自己的酒坛,只见酒坛外面被封得严严实实的,里边的酒却一滴也没了!道员既羞愧又愤怒,把道士抓了起来,要打他的板子。不料板子刚打下去,道员就觉得自己的屁股剧痛;再打下去,道员屁股上的肉好像被撕裂了一样。虽然道士在堂下喊疼,但道员的鲜血却染红了座椅。道员明白这是道士施的法术,连忙命人停止用刑,把道士赶走了。

道士离开济南后,不知去向。

文化史常识

【水面亭】指的是济南大明湖的天心水面亭,名字取自宋代邵雍的诗《清夜吟》:"月到天心处,风来水面时。一般清意味,料得少人知。"意思是一轮明月升到夜空正中,一池碧水上有微风拂过。两种相同的清幽淡雅意味,料想很少有人能领会。

人与狼斗智斗勇

夜行遇狼,
身处险境。
机智应变,
绝地求生。

改编自《聊斋志异·狼三则》

说《聊斋》

《狼三则》是《聊斋志异》中的动物故事,写人狼斗智,幽默有趣。

三狼各有特点。狼之一愚蠢,只知道吃肉,想不到危险跟肉在一起;狼之二狡猾,它们懂得分工合作,一只假装睡觉迷惑人,另一只则妄图从背后攻击人;狼之三莽撞,冒失地把爪子伸到室内,结果被屠夫捉住,丢了性命。

三屠夫也人各一面。屠夫一悬肉于树,只是为了避狼保肉,结果因为狼的笨拙,他竟得到昂贵的狼皮,可以说是意外之喜。屠夫二始终以聪明机智的姿态出现,他对尾随而来的狼先以肉骨投之,作为缓兵之计;后倚柴草防备狼的袭击,不失时机连杀二狼,置之死地而后生。屠夫三急中生智,以自己熟悉的"吹猪法",将凶残的狼杀死。

这三则人狼斗智斗勇的故事,篇幅虽短,却层层叙写,笔法多变,令人拍案叫绝。

"缘木求狼"

有个屠夫卖完肉回家,天色已晚,突然遇到了一只狼。狼盯着担子上的肉,馋得口水都流下来了。屠夫疾走,狼就跟着往前走,一直跟了好几里路。屠夫害怕了,拿出刀来吓唬狼,狼稍微往后退了退;屠夫继续走,狼继续跟。

屠夫无计可施,心想:狼想吃的无非是肉,不如我先把肉挂到树上,明早再来取,这样我既能脱身,狼也吃不到肉。

于是,屠夫用钩子钩住肉,踮起脚把肉挂到树上,再把空担子展示给狼看,意思是:我没有肉,你不要追我了。狼果然不追屠夫了。屠夫安全回家。

第二天一早,屠夫去取肉,远远望去,只见树上挂着

一个很大的东西。他吓了一大跳，犹犹豫豫地走近一看，原来上面吊着一只死狼；再抬头细瞧，只见狼的嘴里叼着肉，肉钩子恰好钩起它的上腭，好像鱼儿吞食鱼饵。

屠夫取下死狼，剥了皮去卖，发了笔小财。

【评】蒲松龄落笔讲究，写屠夫挂肉，为形容树高，写明人必须踮脚才能将肉挂上去，那样狼吞肉必然困难。屠夫从"遥望"到看见树上有死狼，层层递进，写出屠夫意外发现狼悬于树的心情；他走近吊狼的树时是"逡巡（qūnxún）"而往，意思是犹犹豫豫地往前走，描绘出他既好奇又害怕的心理。最后说"缘木求鱼，狼则罹（lí）之"，调侃狼的愚蠢。总之，狼为果腹丧生，造就了屠夫这一段"缘木求狼"的独特经历。

声东击西

有个屠夫到集市上卖肉。他的生意很好，肉全部卖光了，只剩下几块骨头。于是，他挑着担子往家走。

天色已晚，路上没有其他行人。屠夫偶然一回头，发现远处有四道绿光，原来是狼的眼睛！他心惊肉跳，挑担疾走；两只狼尾随其后，亦步亦趋。就这样，人与狼走了很长一段路。

屠夫害怕极了：两只狼穷追不舍，我一不小心就会成为它们的腹中餐，那么家中的妻儿老母怎么办？他身处荒

走进大千世界

郊野外，无法求救，只能自己想办法救自己。担子里的骨头虽不能喂饱饥饿的狼，却能为他争取时间。于是，屠夫抓起一块骨头用力向身后丢去，一只狼跃起接住骨头，尖利的牙齿嚼得骨头"咯吱咯吱"作响；没得到骨头的狼则加快了追赶的步伐。屠夫只好再丢一块骨头。第二只狼得到骨头，停止了追赶，把骨头啃得"咔嚓咔嚓"作响。这时，第一只狼啃完骨头，又追了上来。

不一会儿，屠夫担子里的骨头全部丢光了，但两只狼仍紧追不舍。它们并肩疾进，离屠夫越来越近。

浓云遮月，天昏地暗，只有狼的眼睛幽幽发光；寂静的旷野上，只听到屠夫匆匆奔跑的脚步声和狼爪飞快的击地声。

屠夫害怕极了，心想：如果两只狼一前一后夹击我，怎么办？我得找个有利的地形保护自己！

微风渐起，云彩变淡，月色朦胧，屠夫看到田野上有个打麦场，场主堆起了一座高高的麦秸垛，用草苫（shān）子盖起来，像一座小山丘。屠夫大喜：有这个麦秸垛做屏障，我就不会腹背受敌了！

屠夫急忙跑过去，倚着麦秸垛，放下担子，手中紧握剔骨尖刀。狼看到屠夫手中的尖刀寒光闪闪，不敢贸然发起攻击。一人二狼，怒目而视。

过了一会儿，一只狼似乎对屠夫失去了兴趣，垂头丧气地离开了。另一只狼好像累了，像狗一样蹲在那儿，不再跟屠夫对视。又过了一会儿，它越发没了精神，眼睛好像闭了起来，神情悠闲，似乎在打盹儿。

就在这时，屠夫以迅雷不及掩耳之势跳了起来，用手中的尖刀准确有力地劈向狼的脑袋，接着又猛刺几刀，将狼杀死。

屠夫松了一口气，刚想动身回家，忽然听到身后的麦秸垛发出窸窸窣窣的声音。他悄悄转到麦秸垛后面，看到之前离开的那只狼正在打洞，打算从麦秸垛后边攻击他！这只狼的前半个身子已钻进麦秸垛，只留下屁股和尾巴在外面。屠夫一把抓住狼的腿，用力砍断，将它也杀死了。

这时，屠夫突然明白了：原来麦秸垛前的狼假装睡觉是为了迷惑我，以便让另一只狼从后边偷袭！

走进大千世界

屠夫一人遇到两只狼，不仅没被吃掉，还得到两张贵重的狼皮，真是幸运。其实，这是人的智慧、勇气和随机应变化解了危机！狼也算聪明狡猾，但顷刻之间都被杀死。禽兽的心思和机变怎能跟人相比呢？只不过徒增笑料罢了！

【评】这则故事篇幅虽短，却层层叙写，曲折多变。狼追屠夫，开始"缀行甚远"；屠夫以肉骨投狼，"一狼得骨止，一狼仍从；复投之，后狼止而前狼又至。骨已尽，而两狼之并驱如故"。骨头越来越少，狼和人的距离却越来越近，形势极为凶险，人处于被动的地位。屠夫利用麦秸垛，进入人狼对峙的阶段。这段描写简练而富有神韵：屠夫"弛担持刀"，写其放下肉担、拿起尖刀自卫的动作；"狼不敢前，眈眈相向"，既将狼垂涎欲滴想吃人的眼神描写出来，也将屠夫惊骇而高度警惕的眼神刻画出来。后面紧接而来的是人狼之战。两只狼不对持刀的屠夫发起正面攻击，而是迂回作战，一只"犬坐于前，久之，目似瞑"，另一只"洞其中"，欲从屠夫身后发起攻击。狼既懂得里应外合、前后夹击，又懂得麻痹对手、攻其不备，其凶狠食人的心机被刻画得生动传神。屠夫则用麦秸垛掩护自己，抓住时机"暴起，以刀劈狼首"，杀死其中一只，后又在麦秸垛后刺死了另一只。人狼斗智斗勇，场面栩栩如生。

屠夫的绝活

有个屠夫晚上回家，被一只狼追赶。正巧，路边有一个草棚，他便跑进去躲避。

草棚四周搭着苫子，狼在外面，透过苫子伸进一只爪子。屠夫急忙一把抓住，不让它把爪子缩回去。

但是，怎样才能把狼杀死呢？此时，屠夫手里只有一把不到一寸的小刀。于是他灵机一动，用刀割破狼爪下的皮，按照"吹猪法"往狼爪里吹气。

屠夫使出吃奶的力气吹气，等到狼不太挣扎的时候，就用带子把狼爪拴住，防止漏气。他走出草棚一看，狼胀得像头小牛，腿不能打弯，嘴巴也合不上。最后，屠夫把死狼放在担子上挑回了家。

【评】这则故事篇幅也很短，但遣词用字颇有神韵。比如，狼将爪子伸进草棚，"屠急捉之"，一个"急"字，刻画出屠夫情急之下做出的本能动作。屠夫吹狼，"觉狼不甚动"，一个"觉"字，言其通过手察觉到狼在挣扎中死去了。一些看似十分简单、普通的字，被蒲松龄巧妙地运用到文章中。

原典精读

狼不敢前，眈(dān)眈❶相向。少时，一狼径去；其一犬坐于前，久之，目似瞑(míng)❷，意暇(xiá)甚❸。屠暴起❹，以刀劈狼首，又数刀毙之。方欲行，转视积薪后，一狼洞其中，意将隧入以攻其后也。

注释

❶眈眈：注视的样子。❷目似瞑：眼睛好像闭上了。❸意暇甚：神情很悠闲。❹暴起：突然跳起。

大意

狼不敢上前，瞪着眼睛盯着他，人狼相互注视。不一会儿，一只狼径自离去；另一只像狗一样蹲坐在对面，时间长了，它的眼睛似乎闭上了，神态十分悠闲。屠夫突然跳起来，用刀劈狼的脑袋，又连挥几刀，把狼杀死。他刚想离开麦秸垛回家，又回头看到麦秸垛后边，另一只狼正在那里打洞，看来它打算从洞里钻进去，从他身后发起攻击。

三百多年前的『虚拟世界』

好心救助乞丐，
乞丐恰好是神仙。
那如诗如画的仙境，
莫非是三百多年前的『虚拟世界』？

改编自《聊斋志异·丐仙》

说《聊斋》

《丐仙》写的是金城人高玉成善有善报的故事。

高玉成好心救助奄奄一息的乞丐,乞丐其实是一个仙人。为了报恩,乞丐让高玉成在自家花园看到了美丽的仙境。在宴席上,八哥成了他的侍者,凤凰、青鸾、黄鹤等传说中的神鸟成了他的传菜人,巨大的蝴蝶变成仙子为他跳舞……当高玉成想触摸一下这些美丽的东西时,却发现空无一物。似乎在三百多年前,蒲松龄就知道了"虚拟世界"。

《丐仙》给人的启示是:人只要一心向善,摒除杂念,一切美景都在意念之中;如果心生邪念,一切美景都将化为乌有。

乞丐变神仙

高玉成出生在大户人家，擅长针灸，无论对方是贫是富，都肯医治。一天，他在街上看到一个满身脓血的乞丐，躺在路边奄奄一息。高玉成动了恻隐之心，派人把乞丐扶回了家，给他饭吃，并亲自为他治病。家人都嫌乞丐臭，捂着鼻子躲得远远的。

几天后，乞丐要汤饼，高玉成让仆人给他送去了。没过多久，乞丐要酒肉，仆人向高玉成抱怨这件事，但高玉成还是命他答应下来。第二天，高玉成去看望乞丐，乞丐费力地站起来，说："谢谢先生救我！我现在好了，就是想吃肉喝酒。"高玉成这才知道仆人并没有按照他吩咐的去做，立即将仆人教训了一顿，并马上给乞丐送去酒肉。

仆人怀恨在心，晚上放火烧了乞丐住的耳房，故意等到房子被烧得差不多了才呼救。高玉成看到耳房被烧光了，叹息道："乞丐没命了！"

大家都赶来救火，只见乞丐睡在大火中鼾声如雷。有人把他叫醒，乞丐一脸惊奇地问："房子哪儿去了？"大家这才知道乞丐是个神仙一样的人物。

高玉成把乞丐请到客房居住，给他换上新衣服，乞丐神采焕发。高玉成问起乞丐的姓名,乞丐自称陈九,言谈举止颇有风度。

有一天,陈九对高玉成说:"我要离开这里了,为了感谢你对我的帮助,我今天在你的花园里设宴,请你一定光临,不要带随从。"

此时正值严冬,高玉成担心花园里太寒冷了,陈九却说:"无妨。"

花园里的奇遇

高玉成应陈九之邀来到自家花园,觉得天气突然变暖,如同暮春时节。到了亭中,他看到异鸟成群,听到它们发出清脆的叫声。亭中陈设华丽,桌案上镶着玛瑙。有个水晶屏晶莹透亮,里面花树摇曳,花开花落;还有羽毛像雪一样白的禽鸟,往来鸣叫。高玉成好奇地用手去抚摩,却什么也没有摸到。

高玉成愕然良久,然后坐了下来。一只八哥站在架子上喊:"上茶!"一只凤凰闻声而来,嘴里衔着赤玉盘,上面有两个玻璃盏,盏中盛着香茶。凤凰伸着脖子等着高玉成喝茶。高玉成喝完,凤凰衔着盘子飞走了。八哥又叫:"上酒!"立刻有青鸾、黄鹤从空中翩翩飞来,青鸾衔壶,黄鹤衔杯,将器具放在桌子上。再过一会儿,许多

走进大千世界

美丽的异禽陆续衔盘送来饭菜,桌上摆满了山珍海味,菜香酒洌,都是人间见不到的美味。

陈九看到高玉成豪饮,说:"你是海量,得换大爵。"八哥又叫:"取大爵来!"只见空中光芒闪动,一只巨大的蝴蝶衔着一个能装一斗酒的鹦鹉杯飞了过来,将其放在桌子上。那蝴蝶比鸿雁还大,两翼绰约,身上的花纹绚丽多彩。

陈九说:"蝴蝶劝酒。"蝴蝶展翅一飞,化为美丽动人的女子向高玉成敬酒。陈九说:"歌舞佐觞(shāng)。"只见那女子袅袅而舞,舞到精彩处,脚离地一尺多,仰头折腰,在空中翻转。

女子边舞边唱,歌声委婉动听。高玉成一时兴起,站起来去抱蝴蝶仙子。转眼间,美丽的仙子变成了凶恶的夜叉,浑身黑肉,牙齿突出。高玉成吓得连连后退,趴到桌案上瑟瑟发抖。陈九用筷子敲敲夜叉的嘴,说:"速去!"夜叉立刻化为蝴蝶,翩然飞走。

天色已晚,高玉成告辞出来,看到月色如水,随口对陈九说:"你的美酒佳肴都来自空中,你的家应当在天上,能否带我一游?"陈九道:"这有何难!"说罢,他便和高玉成携手跃起。

高玉成觉得自己离天越来越近。他看到一座高门,进去以后,光明如昼,路都是用青石砌成的,光滑无比。有棵几丈高的大树,开满莲花般的红花。树下有个曼妙的女

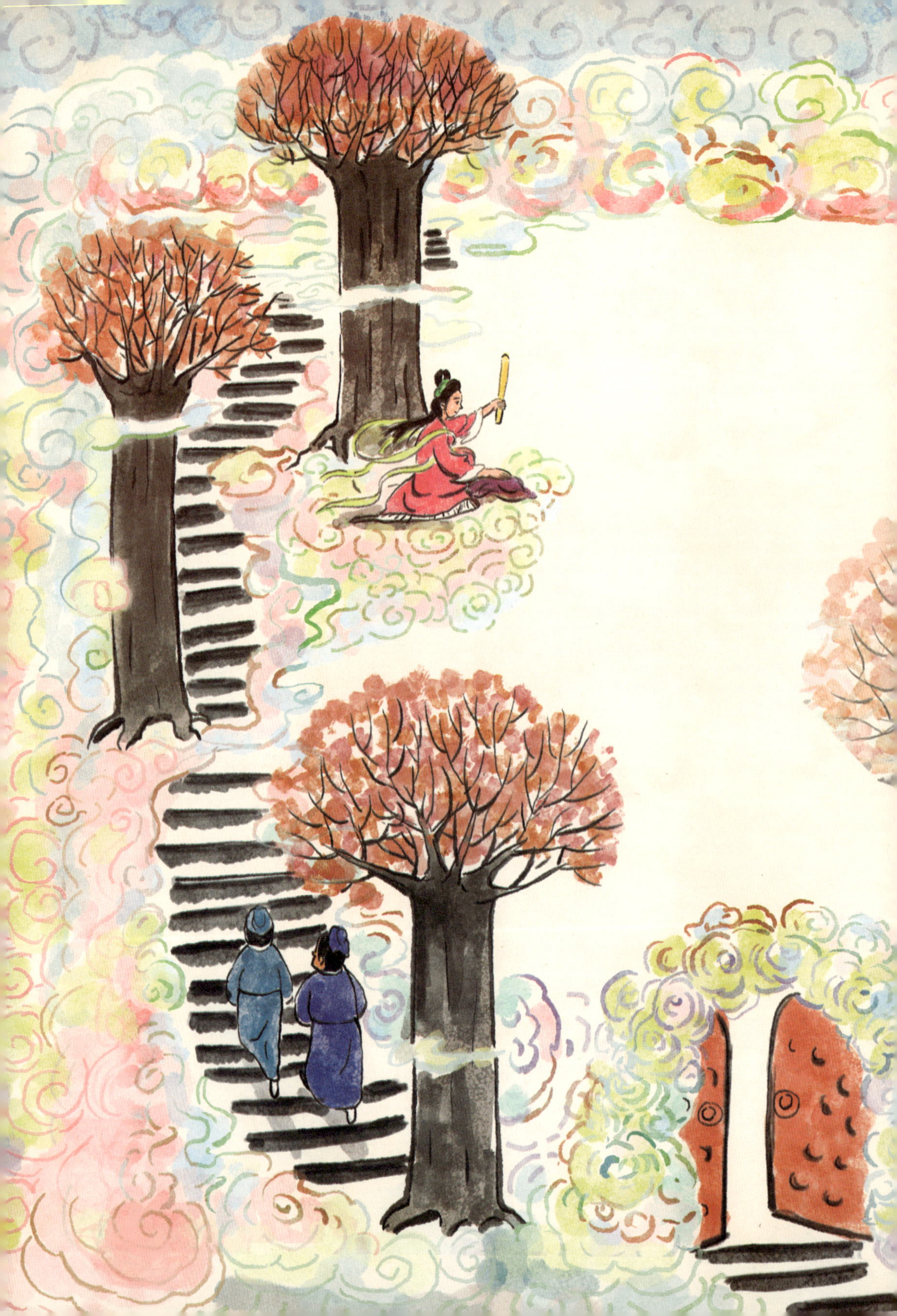

子，正在砧上捶着绛红色的衣服。高玉成不由得看呆了。女子发现了他，气愤地说："什么人跑到这儿来！"说罢，便将手中的杵扔了出去，击中了高玉成的后背。

陈九急忙把高玉成拉走。高玉成只觉得脚下白云飘飘，越来越低，最后落到了他家的后花园中，那里还是严冬景色。高玉成看看衣服上被杵打到的地方，那里像晚霞一样红，而且散发着奇香。

此后，高玉成招待客人时，总把仙女用杵打过的衣服穿在里边，满座皆闻其香。

文化史常识

【夜叉】神话传说中的一种恶鬼，勇健凶暴，能食人。后用来比喻相貌丑陋、凶恶的人。

后记

◎ 马瑞芳

1978年我进入山东大学蒲松龄研究室，1985年给山东大学中文系学生开设"《聊斋志异》创作论"专题课，从1986年在人民文学出版社出版《蒲松龄评传》至今，已在国内外出版有关蒲松龄和《聊斋志异》的专著20余种。

《聊斋志异》是我国古代文学经典，蕴含着丰富的传统文化因子。优秀的传统文化是中华民族的血脉，滋养着中国人的精神家园。围绕传承发扬中华优秀传统文化，中宣部曾组织过两个重大项目：由中国作家协会承担的中国古代百位作家传记的撰写，由原文化部承担的中华传统文化百部经典的解读。蒲松龄和《聊斋志异》分别入选这两个文化项目，我都有幸参与其中并完成。

《少年读〈聊斋志异〉》是我应青岛出版社副总编辑谢蔚女士约请，针对少年儿童读者，经过反复挑选、思考写成的。

少年儿童学习传统文化非常重要，而且特别需要有针对其年龄特点和接受程度的讲解。这是近20年我在中央电视台等平台宣讲《聊斋志异》的深刻体会。2005年中央电视台播出"马瑞芳说《聊斋》"节目（共24讲），2018年喜马拉雅音频平台播出"马瑞芳讲《聊斋志异》"节目（共200讲），都在少年儿童听众中引起强烈反响。2007年上海书展期间，《马瑞芳说〈聊斋〉》一书举行首发式，有2000多名读者排队等待签名，其中有80多岁的老者，更有五六岁的孩子。这些在现实生活中发生的事让我深深地体会到：《聊斋志异》早已扎根在读者心中，受到万千读者的欢迎；很多少年儿童也非常喜欢《聊斋志异》，我们千万不能低估他们的理解能力！联想到2005年中央电视台播出"马瑞芳说《聊斋》"节目时，我8岁的孙女不仅认真听，还提了一些很好的建议。根据她的建议，我再次到中央电视台录制节目时，获得了更好的艺术效果。

这套《少年读〈聊斋志异〉》是完全针对少年儿童读者创作而成的，它的特点主要包括：

第一，精心挑选经典故事，分类归纳。《聊斋志异》全书共490多篇，本套书精心挑选50余篇名作，分《神奇的狐狸》《笔墨里的精灵》《走进大千世界》3册讲解。

第二，每则故事前都有篇前语，类似于学术界发论文的"关键词"，便于少年儿童读者一目了然，迅速了解这篇选文的主要内容。

第三，正文用通俗易懂的语言讲《聊斋志异》故事，在讲解过程中画龙点睛地加以剖析，夹叙夹议，分析少年儿童读者能从这则故事中学到什么。

第四，故事后附有"哲理金句"或"文化史常识"栏目。前者精选、提炼对人生有价值的语句，后者对选文中出现的古代文学、历史常识等做简要的说明。少年儿童读者可以在阅读

后记

《聊斋志异》故事的同时，获得若干知识。

第五，文后辟有"原典精读"板块，采用"原文节选+疑难字词注释+原文大意"的方式，便于少年儿童读者通过欣赏《聊斋志异》的经典片段，学习文言文。

在创作《少年读〈聊斋志异〉》时，我参考了以下几部书：2007年作家出版社出版的《马瑞芳说〈聊斋〉》，2008年河北教育出版社出版的《马瑞芳重校评批〈聊斋志异〉》，2013年作家出版社出版的《幻由人生：蒲松龄传》，2019年国家图书馆出版社出版的《聊斋志异（节选）》，2020年上海古籍出版社出版的《聊斋志异（精选精译）》。

我还不识字时，就总听母亲讲《聊斋志异》中的故事，现在到耄耋之年，仍然觉得《聊斋志异》博大精深，值得反复阅读。

读《聊斋志异》明事理、长知识、懂是非，我期待少年儿童从这套书中获得有益的启示！

图书在版编目（CIP）数据

走进大千世界 / 马瑞芳著. — 青岛：青岛出版社，2023.1

（少年读《聊斋志异》）

ISBN 978-7-5736-0476-7

Ⅰ.①走… Ⅱ.①马… Ⅲ.①《聊斋志异》–少年读物 Ⅳ.①I207.419-49

中国版本图书馆CIP数据核字（2022）第235692号

ZOU JIN DAQIAN-SHIJIE（SHAONIAN DU《LIAOZHAI ZHIYI》）

书　　名	走进大千世界（少年读《聊斋志异》）
著　　者	马瑞芳
出版发行	青岛出版社
社　　址	青岛市崂山区海尔路182号（266061）
本社网址	http://www.qdpub.com
邮购电话	0532-68068091
策　　划	谢 蔚
责任编辑	刘　强　步昕程　李晗菲
特约编辑	刘　朋　李子奇
装帧设计	滕　乐　宫爱萍
全书插图	沐小圈童书工作室
制　　版	青岛乐喜力科技发展有限公司
印　　刷	青岛乐喜力科技发展有限公司
出版日期	2023年1月第1版　2023年10月第3次印刷
开　　本	16开（710mm×1000mm）
印　　张	11
字　　数	160千
书　　号	ISBN 978-7-5736-0476-7
定　　价	38.00元

编校印装质量、盗版监督服务电话：4006532017　0532-68068050

建议上架：儿童读物